蠕《うごめ》く陰《いん》影《えい》

村木哲史
Muraki Tetsushi

風詠社

目次

関 係 略 図

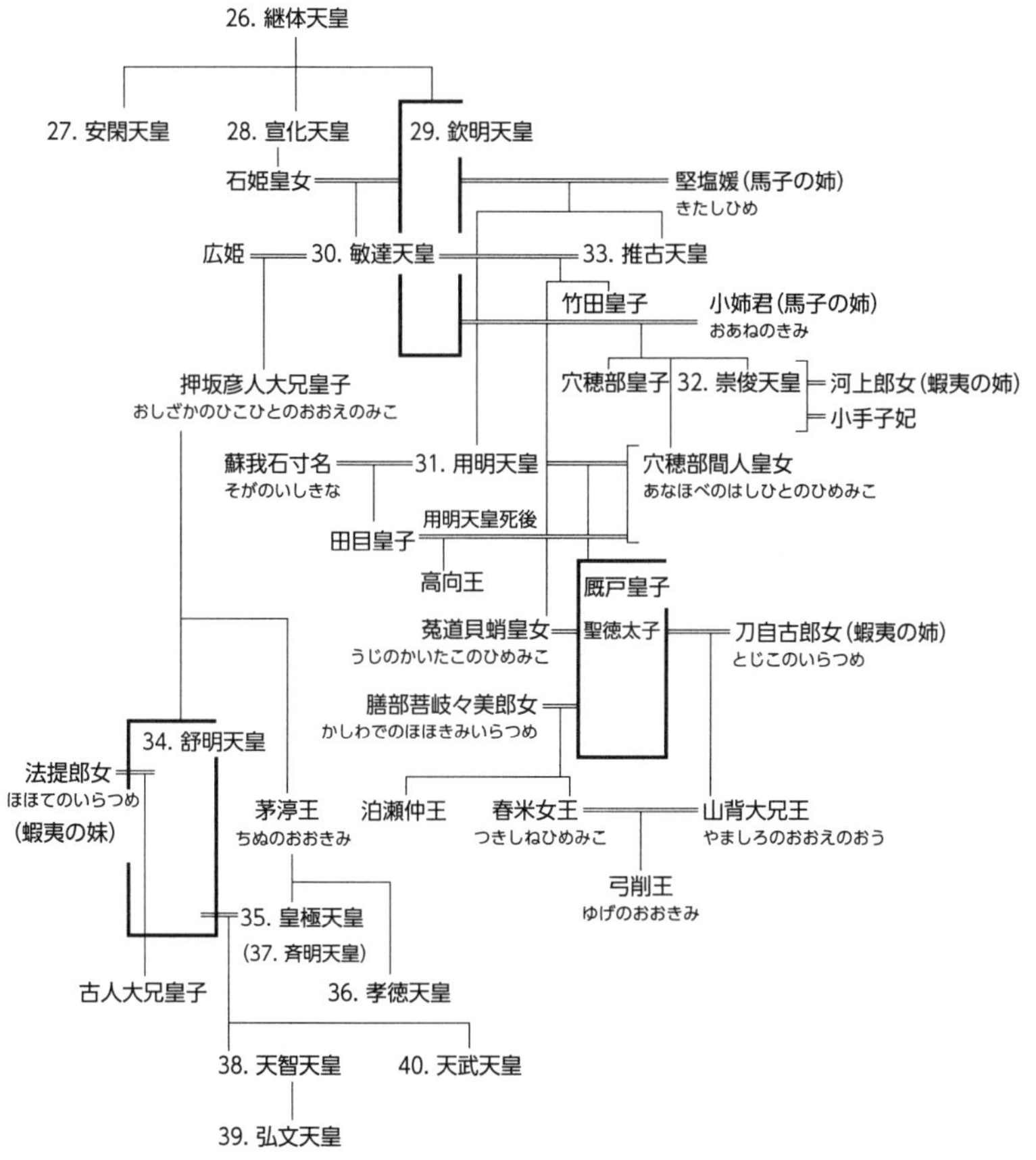

26. 継体天皇
27. 安閑天皇
28. 宣化天皇
29. 欽明天皇
石姫皇女
堅塩媛《きたしひめ》(馬子の姉)
広姫
30. 敏達天皇
33. 推古天皇
竹田皇子
小姉君《おあねのきみ》(馬子の姉)
押坂彦人大兄皇子《おしざかのひこひとのおおえのみこ》
穴穂部皇子
32. 崇俊天皇
河上郎女(蝦夷の姉)
小手子妃
蘇我石寸名《そがのいしきな》
31. 用明天皇
穴穂部間人皇女《あなほべのはしひとのひめみこ》
用明天皇死後
田目皇子
高向王
厩戸皇子
聖徳太子
菟道貝蛸皇女《うじのかいたこのひめみこ》
刀自古郎女《とじこのいらつめ》(蝦夷の姉)
膳部菩岐々美郎女《かしわでのほほきみいらつめ》
34. 舒明天皇
法提郎女《ほほてのいらつめ》
(蝦夷の妹)
茅渟王《ちぬのおおきみ》
泊瀬仲王
春米女王《つきしねひめみこ》
山背大兄王《やましろのおおえのおう》
弓削王《ゆげのおおきみ》
35. 皇極天皇
(37. 斉明天皇)
古人大兄皇子
36. 孝徳天皇
38. 天智天皇
40. 天武天皇
39. 弘文天皇

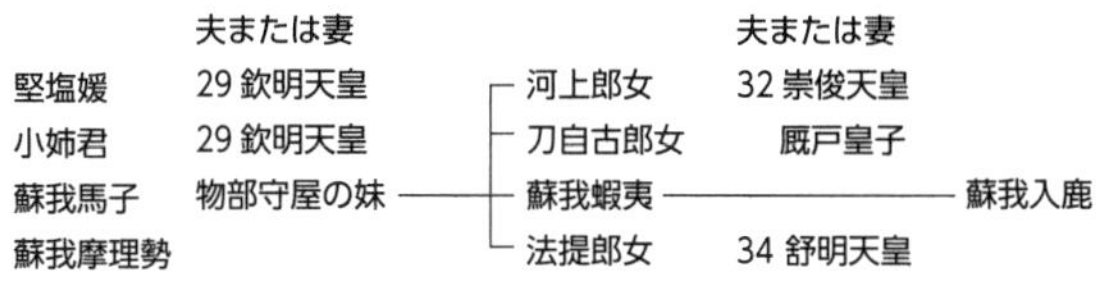

夫または妻
堅塩媛 29 欽明天皇
小姉君 29 欽明天皇
蘇我馬子 物部守屋の妹
蘇我摩理勢
夫または妻
河上郎女 32 崇俊天皇
刀自古郎女 厩戸皇子
蘇我蝦夷
蘇我入鹿
法提郎女 34 舒明天皇

題字　ＮＯＲＩＣＯ
装幀　２ＤＡＹ

蠕《うごめ》く陰影《いんえい》

罵《ののし》りあい

西暦五八七年（用明天皇《ようめいてんのう》二年）七月、丁未《ていび》の乱《らん》が始まろうとしている。

丁未の乱とは、蘇我馬子《そがのうまこ》と物部守屋《もののべもりや》の間で繰り広げられた激しい戦いのことである。

物部守屋は有力な軍事氏族《ぐんじしぞく》であり、豪族《ごうぞく》の中でもかけ離れた軍事力《ぐんじりょく》を保持していた。

守屋は髭《ひげ》も濃く、大柄《おおがら》で声も太く大きく、笑い声も豪快《ごうかい》であった。

守屋はかなりの酒豪であり、飲むほどに大声で怒鳴りそして笑った。

そのような守屋であったが、西暦五三八年に百済《くだら》から仏教が伝わってから、崇仏派《すうぶつは》の蘇我氏との争いが絶えず馬子と、ことごとく対立していた。

「倭国《わこく》（日本）は神武天皇《じんむてんのう》以来から神の国であり、百済から伝わった仏教は蕃神《ばんしん》である」

「そのような、仏教を崇拝《すうはい》すると倭国にたたりが起きる」

守屋は深く信じていた。

また、蘇我馬子は守屋とは全く違っていた。

普段は表情も変えず小声で話し小柄で非常に内向的で神経質であり、笑っている顔は誰も見たことがなかった。

そのような、相反する二人は父親の代から罵《のの》り合い、いがみ合っていた。

馬子は仏教を深く信仰し、これからの倭国は国外に目を向けて、国外の文化を取り入れて、発展していかなければならないと強く感じていた。

「仏教が広まって行けば、倭国はもっともっと発展して、良い国になっていくだろう」

「守屋はなぜに仏教を広める事に反対なのであろうか」

馬子はかたくなに意地を張っている守屋に対して、腹立たしく感じていた。

当時の倭国の建物は、屋根は藁《わら》ぶき屋根で柱は掘立式の粗末な造りであった。

しかし、馬子は仏教を広めることで、まず寺院建築から学ぶ瓦造りの屋根や礎石柱などの知識を取りいれたい。

また他にも仏画や顔料等多くの文化を輸入することによって、新しい倭国の発展が期待できると強く確信していた。

しかし、守屋はそんな馬子を一つぶしにしてやろうと、常々苦々しく思っていた。

そのように対立している二人であったが、不思議なことに馬子の妻の太媛《ふとひめ》は守屋の妹であった。

二人で罵り合っている中、偶然知り合い太媛が兄と正反対の馬子のことを好きになってしまい、押し掛けるようにして若い二人は結ばれた。

太媛は深く馬子を愛していた。

「私は兄の守屋のような、下品で横暴な振る舞いの男は嫌いでございます」

と、常々馬子に言っていた。

また、太媛は頭の回転も速く、馬子の良い相談相手でもあった。

西暦五七一年欽明天皇《きんめいてんのう》が崩御《ほうぎょ》した。

欽明《きんめい》天皇と石姫皇女《いしひめのみこ》（宣化天皇《せんかてんのう》の皇女《こうじょ》）の皇子である敏達天皇が三十四歳で即位した。

敏達天皇により、西暦五七二年（敏達天皇元年）に守屋は大連《おおむらじ》に任じられ名実ともに大豪族となった。

連の姓を持つ氏族は朝廷に特定の職能を持って仕えた氏族であり、守屋の物部氏は昔からの軍事をつかさどる氏族であった。

大連になった事により、守屋は朝廷の軍事部門の最高権力者になったわけである。

それと同時に馬子も大臣《おおおみ》に任じられた。

臣姓の氏族の多くは地方の豪族で、それぞれの地域の支配者であった。

天皇の妃は豪族との連合関係を強化するために、もともと独立した支配者の臣姓の豪族から迎える事が多かった。

蘇我氏は新興の豪族であったが、馬子の二人の姉の堅塩媛《きたしひめ》と小姉君《おあねきみ》が欽明天皇の妃になったことにより、馬子も大きな力が持てるようになっていた。

敏達天皇の代になって、さらに二十二歳の馬子と同年代の守屋の争いが、激しくなっていった。

敏達天皇は二人の争いに、ほとほと手を焼いていたが、天皇自身は排仏派で守屋の肩を持つことが多かった。

「あの二人には本当に困ったものだが、今は仏教を広める必要はないだろう。時期尚早であろう」

「どうも、馬子は何事にも勝手で急ぎ過ぎる」

敏達天皇は陰険で無口な馬子には好感が持てなかった。

西暦五八四年（敏達天皇十三年）に鹿深臣《こうかのおみ》は長らく百済に赴任《ふにん》していたが、赴任先の百済から石像を一体、また他に仏像を一体持ち帰った。

この当時、鹿深臣は蘇我氏が進める、仏教興隆政策や百済との外交交渉に重要な役割を担っていた。

「馬子様、百済から石像と仏像を持参してまいりました。是非とも馬子様にお祀りいただければと思っております」

「鹿深臣殿、これはこれはありがとうございます。私の方でしっかりお祀りして、精一杯仏教を信仰し、また広めていきたいと思います」

馬子は丁重に頭を下げて、その仏像をもらいうけ、深く仏教を信仰している司馬達等《しばたちと》に、仏教普及の協力を求めた。

「鹿深臣殿から、石像一体と仏像一体をいただきました。石像と仏像をお祀りして、仏教を広めて行きたく思っています。是非とも司馬達等様のお力をお貸しいただければと思っております」

「分かりました。馬子様と一緒に仏教を普及して行きましょう」

司馬達等は幼い頃の西暦五二二年に中国南梁《なんりょう》から倭国に来た渡来人《とらいじん》である。また達等は深く仏教を信仰し、馬子の師的な存在でもあった。

達等の歳は六十歳半ばを過ぎていたが、実際の年齢より十歳は若く見えた。高潔《こうけつ》な人柄であり多くの群臣《ぐんしん》（役人《やくにん》）からも深く信頼されていた。

司馬達等は十一歳の娘の嶋《しま》を善信尼《ぜんしんに》として、また弟子の二人も禅蔵尼《ぜんぞうに》、恵善尼《えぜんに》として得度させた。

三人の尼僧は若く、利発で目を輝かせて仏教を崇拝し信仰していた。

この年、馬子は居宅の東に仏殿を造り弥勒菩薩の石像を安置し、三人の尼僧を心からもてなしていた。

三人の尼僧は美しく、馬子に寄り添いながら仏殿で修業に明け暮れていた。

「慈悲深い馬子様のお陰で仏門の修行に集中できます。ありがとうございます」

馬子に対して深い感謝の気持ちを持っていた。


西暦五八五年（敏達天皇十四年）二月蘇我馬子は病に伏せっていた。

祈祷師《きとうし》をよび、病の平癒《へいゆ》を祈らせた。


祈祷師は六十歳を少し過ぎたくらいの女性であった。

顔のしわは深くなっていたが、若い頃は綺麗であったろうと推測できた。

頭髪は白髪交じりで、耳が遠いのか、しわがれた大声でしゃべっていた。

「馬子様の病は、父の稲目様の時に仏像が破壊された祟りでございます」

「今以上に、仏教を信仰しなさい。そうすれば貴方の病も快方に向かうでしょう」

祈祷師は目を見開き、何かにつかれたように言い放った。

馬子は病のなか、敏達天皇に奏上《そうじょう》して、仏法を祀《まつ》る許可を得た。

ところが、この頃から疫病がはやりだし多くの死者が出て、市中は混乱して行った。

三月になっても疫病は一向に収まらなかった。

排仏派の物部守屋と中臣勝海の二人は敏達天皇の宮殿に赴き、

「仏教のような蕃神を信奏したために疫病がおきました」

「このままだと、倭国は疫病によって滅んでしまいます」

二人は強く敏達天皇に奏上した。

中臣勝海はおどおどして、いかにも気が小さいという感じであったが、よくしゃべり調子の良い男であった。

また、中臣勝海は神道派というより、実際はまじない師の部類であった。

守屋は勝海の行う、まじないの類を非常に信じていた。

敏達天皇は、守屋と勝海の言うがままに今度は仏法を止めるよう詔をした。

敏達天皇は蘇我氏の血をひかない天皇であり、豪快ではっきりとものを言う守屋に好意を持ち頼りにもしていた。

と言うより、敏達天皇の最大の後ろ盾は物部氏であったので、守屋の言うがままであった。

この敏達天皇の十四年間は蘇我氏の不遇の時代と言えるかもしれない。

守屋らは寺に向かい馬子の仏殿を破壊し、鹿深臣が百済から持ち帰った仏像を仁徳天皇が築いた難波の堀の中へ投げ込んだ。

「おい、馬子この様な仏殿を造るから、疫病の祟りが起きるのだ」

「敏達天皇の詔によって、破壊する」

「このような、尼僧達のせいで、疫病が収まらないのだ。この尼僧達を連れて行き、後日疫病払いの儀式を行う」

守屋らは、大声で仏教信者を罵倒し、善信尼、禅蔵尼、恵善尼の三人の尼僧も縛り上げ強引に引き立てて行った。

「何をなさいますか、ご無体なお止めくださいませ」

まだ若い三人の尼僧達は青ざめて、声も震えていたが守屋に対し毅然とした態度だった。

司馬達等も娘の大事を感じ、飛び出していったが守屋に即座に蹴り倒されて、起き上がる事が出来なかった。

「なぜに、あれほどまでに暴力的なんだ」

司馬達等は連れ去られて行く、娘達を目で追いながら叫んだ。

「この尼僧達が疫病を振りまいている。これから疫病払いの儀式を行う」

数日後守屋らは三人の尼僧を全裸にして縛り上げ、群衆の前で疫病払いと称して、尻を鞭《むち》で打った。

三人の尼僧は目を閉じ、唇を噛んでじっと耐えていた。

馬子は尼僧達が受けた辱め《はずかし》、また自らの不甲斐なさを思い涙を流し守屋に対し一層の憎しみを抱かずにはいられなかった。

「これ程までの、屈辱《くつじょく》、辱め《はずかし》を受けた事はありません。物部氏を生涯の敵と思い、怨みつづけます」

父の司馬達等は泣きながら馬子に訴えた。

しかし、疫病は収まらず、敏達天皇も守屋も病に伏していった。

同年六月、馬子の病気も治らず、奏上して仏法を祀る許可を求めた。

「敏達天皇様、何とか今一度仏法を祀る事をご許可いただけないでしょうか」

「仏法で、この疫病が鎮まるよう、しっかりとお祈りを致したいと思いますので、是非ともご許可をお願い申し上げます」

敏達天皇は病の中、馬子が一人で仏法を行うという条件で許し、三人の尼僧の禁固を解いた。

馬子は歓喜し、敏達天皇に深々とお礼を述べた。

馬子は自分の邸宅の隣に、急ごしらえの精舎《しょうじゃ》を建てて尼僧らを住まわせた。

また、隣に小さな寺を造り仏像を迎えて供養した。

司馬達等は娘達の成長に安堵の様子が見えたが、守屋に対する強い恨みは消えるものではなかった。

その後、しばらくして仏教弾圧も終息し、仏教の興隆が国の政策となって行った。

善信尼ら三人の尼僧は馬子の仲介で、百済に渡り戒法を学び受けた後、帰国し大阪の桜井寺に住んで長く仏門に帰依して行った。

司馬達等は三人の尼僧と共に百済に渡って行ったが、百済で病により死去し再び倭国の地を踏むことはなかった。


この年（西暦五八五年）の八月に敏達天皇が崩御した。四十七歳であった。

急きょ、もがりの宮が造営され、各種の諸儀礼がおこなわれた。

もがりの儀礼とは、死者の復活と魂の鎮魂を願い、心おきなく旅立ってもらう儀式である。

敏達天皇の時は、五年八カ月にも及んでもがりの儀礼が行われた。

多くの、皇族、氏族、豪族が参列した席でも、馬子と守屋は罵倒しあった。

「おい、馬子ここはお前のような蕃神を信仰するような者のくる場所ではないぞ」

「おいおい、守屋お前は酒を飲んできているのか、不謹慎者が帰れ帰れ」

「さ、酒など呑んでないわい」

「そうか酒の臭いかと思ったが、守屋の身体についたゴミの匂いであったか」

列席者は、眉をひそめ
「全くあの二人には困ったものですね」

「もう少し仲良くできないものですかね」

と、囁《ささや》き合っていたが、二人の顔色をのぞきこむばかりで二人に対しては何も言う事は出来なかった。

おごそかに、儀式が始まった。

馬子の身長は五尺に満たない程で、この時代でも小柄であった。

その馬子に弔辞を読む順が回ってきた。

小柄の馬子が太刀を差して弔辞を読みだすと、突然守屋の声が響いた。

「まるで矢に射られた雀のようだ、哀れな者よ」

周りにはばからず、笑いながら誰に言うともなく太い声で言葉を発した。

当然馬子の耳にもその声は届いた。

参列している、多くの人達は思わず顔を見合わせ、眉をひそめた。

その言葉を聞いた馬子は顔面蒼白になったが、黙って席に戻っていった。

続いて、守屋が弔辞を読む順が回ってきた。

まわりの人々は何か起きるのではないかと、かなりの不安にかられていた。

多くの参列者が見守る中、守屋の弔辞が始まった。

さすがの守屋もかなりの緊張の面持ちで、弔辞を読む声もかすれて、震えていた。

「あの、豪放な守屋様でもさすがに、このような席では緊張していますね」

多くの参列者は静かに聞き入っていた。

その時、普段は口数が少なく、あまり喋らない馬子の声が小声であったが、はっきりした口調で静寂な会場にひびいた。

「おお、良く震えているものぞ、鈴をつけたら良く鳴ってさぞ面白かろうに」

深まる対立

西暦五八五年九月に三十三歳の用明天皇が即位した。

用明天皇《ようめいてんのう》は欽明天皇《きんめいてんのう》の第四皇子である。

蘇我馬子の姉の堅塩媛《きたしひめ》が母で、敏達天皇とは異母兄弟であった。

堅塩媛は色白で痩身であり、優しく口数は少なく、しかし芯の強い女性であった。

実の母を知らない馬子にとって、十二歳年上の姉の堅塩媛は子供の頃から母のような存在であった。

用明天皇の皇子の厩戸皇子《うまやどのみこ》（聖徳太子）も十一歳になり、非常に利発な優しい少年に育っていた。

「父上の天皇の即位を心からお祝い申し上げます」

「馬子様ありがとうございます。私もきっと父上のような立派な天皇になれるように、一生懸命に勉強致します」

厩戸皇子も深々と頭を下げて、馬子に感謝の言葉を述べた。

用明天皇の母で、馬子の姉でもある堅塩媛も
「馬子殿本当にありがとうございます。我が子の用明天皇を支えてください。お願い致します」

用明天皇の妃の穴穂部間人皇女《あなほべのはしひこのひめみこ》と一緒に丁寧に馬子に頭を下げた。

穴穂部間人皇女は小姉君《おあねのきみ》の娘であったが、夫の天皇即位を心から喜んでいた。

「天皇に即位できたのは、用明天皇ご自身のお力です。我々皆で用明天皇を支えてまいりましょう」

普段は笑い顔を見せない、馬子も喜びを隠せず静かに微笑んでいた。

用明天皇は蘇我氏の血を継承する天皇である。

用明天皇の即位にあたっては、馬子による群臣達への抜け目のない巧妙な根回しが働いていた。

堅塩媛の妹の小姉君も欽明天皇の妃であった。

小姉君は小柄ではあったが容姿はとても美しかった。

しかし、非常に負けず嫌いで、特に姉の堅塩媛には絶対に負けたくないという強い競争心を持っていた。

自尊心も高く、常に自分が最上位にいないと気がすまない性格であった。

馬子は小姉君のそのような傲慢《ごうまん》なところが好きではなかった。


遡って八月の敏達天皇の崩御後、小姉君はどうしても自分の第一皇子である、穴穂部皇子を皇位につけたいと望んでいた。

「姉の堅塩媛の皇子の橘豊日命《たちばなのとよひのみこと》（用明天皇）には絶対負けたくない」

「馬子殿、姉の堅塩媛の橘豊日命は天皇としての能力がありません。私の皇子の穴穂部皇子は頭も良く、天皇としても能力をそなえています。貴方の力で穴穂部皇子を是非とも天皇にしてください」

顔を会わせるたびに弟の馬子に再三頼んでいた。

穴穂部皇子も母の小姉君以上に自分が皇位につく事を強く望んでいた。

非常に野心家であった。

しかし、人を見下すところがあり、多くの群臣達は嫌っていた。

「穴穂部皇子様は我々に対してすぐに怒鳴るし困ったものです。あのようなお方には天皇になってほしくないですね」

群臣達も囁《ささや》き合っていた。

馬子も穴穂部皇子の下から覗き込むような目配りや、人を見下すような態度をひどくきらっていた。

穴穂部皇子は先の敏達天皇の崩御後は、もはや自分が天皇だとして、ふるまっていた。

しかし、馬子が用明天皇の即位にむけて動いていたため思うに任せなかった。

「なぜに皆は死する王に仕え、生きる王（自分）に仕えないのか」

敏達天皇の葬儀の折、憤慨して怒鳴り散らしていた。


用明天皇は母の堅塩媛に似て、もの静かで冷静であった。

仏教への信仰心も深く、馬子の気持ちは用明天皇即位で固まっていた。

「馬子様、いろいろお世話になります。私が天皇になれれば馬子様のお気持ちをくんで、立派な天皇になるように努力致します」

「橘豊日命（用明天皇）殿はご立派な天皇になられる事でしょう。私も天皇になられる事を楽しみに待ち望んでおります」

馬子は橘豊日命の手をとって励ますように、落ち着いた口調で言った。

皇位への思いが強い、穴穂部皇子は馬子の態度に業を煮やして、馬子に対応しうる物部守屋に頼み込んだ。

「何とか自分の味方になってほしい、是非とも自分を天皇にしてほしい」

間もなく用明天皇が即位した。

小姉君は馬子に対して強い口調でまくしたてた。

「弟の馬子殿にあれほどお願いしたのに、なぜに姉の皇子の用明天皇を即位させたのですか。なぜ穴穂部皇子ではないのですか」

「我が弟でありながら、馬子殿を生涯お怨み致します」

馬子はうつむき加減に、小さく、しかしはっきりした口調で姉の小姉君に言った。

「穴穂部皇子は天皇の器にあらず」

小姉君は悔しさで肩を震わせて、馬子に強い視線を向けていた。

守屋は、馬子が用明天皇を即位させ、天皇にとり立てられて行くのが面白くなく、日々苦々しく思っていた。

何とか馬子を出し抜いて失脚させたいと、その機会を狙っていた。

守屋と穴穂部皇子は秘密の内に相談を重ねて、ある作戦行動を計画した。

西暦五八六年（用明天皇元年）五月の事であった。

穴穂部皇子の計画は、

「三十二歳の美しい炊屋姫《かしきやひめ》（敏達天皇の皇后・後の推古天皇《すいこてんのう》）を犯して自分のものにしてしまおう」

そして、

「先帝の皇后を味方につけた上で自分が皇位つき、馬子を失脚させてやる」

というものであった。

炊屋姫は聡明で美しく、敏達天皇の崩御後であっても、多くの寵臣達《ちょうしんたち》は羨望《せんぼう》のまなざしを送っていた。

穴穂部皇子も一目見たときから美しい炊屋姫のことが忘れられず、できれば自分の妃に迎えたいというのが本心であった。

いよいよ、計画実行の日が訪れた。

この計画には、穴穂部皇子の第一の相談相手の宅部皇子《やかべのみこ》の存在があった。

宅部皇子は宣化天皇《せんかてんのう》の皇子で、穴穂部皇子の影の参謀でもあった。

物部氏とも深い関係があり、妃は守屋の妹であった。

宅部皇子は極力おもてには出ずに、穴穂部皇子の後ろで権力を我がものにしたいとの強い野心を持っていた。気は小さく内向的な性格で、いつも腰をかがめるようにして穴穂部皇子の少し後ろを歩いていた。

またこの計画には、穴穂部皇子の同母弟の泊瀬部皇子《はくせべのみこ》（後の崇峻天皇《すしゅんてんのう》）も加わっていた。と言うより、加わっているように見せていた。

「兄上、私も兄上のお力になりとうございます。是非とも兄上に天皇に即位していただきたく応援いたします」

泊瀬部皇子は頬笑みを浮かべながら、穴穂部皇子に近付いていた。

計画は実行にうつされた。

穴穂部皇子は夜になるのを待って、単独炊屋姫の居る、もがりの宮に押し入ろうとした。

しかし、この計画は泊瀬部皇子の魂胆により馬子に全て伝わっていた。

泊瀬部皇子は二十九歳になり、天皇に即位できる年齢にも達していた。

また、泊瀬部皇子は実の兄である穴穂部皇子を失脚させて、自分が次の天皇への即位を目論んでいた。

穴穂部皇子が、もがりの宮に押し入ろうとした時すでに先帝《せんてい》の寵臣《ちょうしん》の三輪逆《みわのさかう》始め多くの敏達天皇の寵臣が門を閉じて待ち構えていた。

三輪逆は非常に忠義な豪族であり、敏達天皇からも深く信頼されていた。

また、炊屋姫にも信頼され、三輪逆はよき相談相手でもあった。

穴穂部皇子は何度も侵入を試みたが、ついにもがりの宮に入る事が出来なかった。

「あとは、いかにして兄を抹殺するかだな」

泊瀬部皇子は兄の失敗を内心ほくそ笑んでいた。

「三輪逆は非常に不遜であり、生かしておいては、今後のためにならない」

穴穂部皇子は計画が失敗に終わった直後、悔しさに耐えながら守屋に訴えた。

天皇への即位が思うに任せず、炊屋姫も自分のものにできず、かなりいらだっていた。

泊瀬部皇子はそっと穴穂部皇子に寄り添い耳元でささやいた。

「兄上様も守屋様と挙兵して、三輪逆を討ち果たすべきです」

「その時は、私も兄上に加勢いたします」

穴穂部皇子も一人では挙兵する勇気はなかったが、その言葉で守屋と一緒なら挙兵できると気持ちを強くした。

「守屋様、是非一緒に挙兵していただきたい」

守屋は躊躇した。

「穴穂部皇子様の言うとおりに動くと、炊屋姫や群臣達の強い反感をかうおそれがある。

挙兵して三輪逆を討つ正当性があるだろうか」

守屋は悩んだ。

穴穂部皇子は再三再四、しつこいほど守屋に挙兵を頼んだ。

「守屋様、一緒の挙兵をお願いします」

「守屋様だけが頼りです」

守屋も、穴穂部皇子の強引さに負けたかのように決断をした。

「挙兵して、三輪逆を討とう。たかが一豪族のぶんざいで、穴穂部皇子様に対する態度がはなはだ無礼である」

その、守屋の決断がこれから先、多くの人の運命を大きく変えて行く事になった。

挙兵を知った馬子は強く忠告した。

「そのような理由で、三輪逆を討つために挙兵するのは、逆賊である」

もはや守屋も穴穂部皇子も聞く耳を持たなかった。


守屋の兵は強靭である。

三輪逆は一気に追い込まれていった。

三輪逆は何とか逃れて、炊屋姫の後宮に身を隠した。

しかし、密告により穴穂部皇子に知られることになり、穴穂部皇子の命令で、守屋の軍勢が、炊屋姫の後宮に攻め込み、三輪逆と二人の息子を殺害した。

「申し訳ありません。急なことで兵を集める時間が足りませんでした」

泊瀬部皇子は上手く言い逃れて挙兵には加わらなかった。

それどころか、泊瀬部皇子は馬子や多くの群臣達に内密に呼びかけていた。

「三輪逆殿を殺害した、今回の挙兵は理不尽極まりない。兄の穴穂部皇子と物部守屋は、大変危険な人物である。皆で協力して二人を排除しようではないか」

穴穂部皇子をあおって理不尽な挙兵をさせ、三輪逆を殺害させる。

そのことによって、多くの群臣が二人の敵になるように策を凝らしていた。

馬子も穴穂部皇子と守屋の横暴さに強い怒りを感じていた。

「天下の大乱は近いぞ」

群臣達に檄《げき》をとばした。

強力な軍事力を持つ守屋は、馬子に強い口調で吐き捨てるように言った。

「汝のような小臣の知るところにあらず」

泊瀬部皇子の思惑どおり、三輪逆の事件を境に多くの群臣は、穴穂部皇子と守屋にかなりの不信感を持ち二人と戦おうという気運が高まってきた。

しかし、守屋の軍隊の強さを知っている馬子としてみると、いかにして戦うか正念場を迎えた。

西暦五八七年（用明天皇二年）四月に用明天皇は病に伏せっていた。天然痘であった。

堅塩媛、穴穂部間人皇女や厩戸皇子は昼夜問わず手を合わせて、仏法のご加護をお祈りしていた。

「父上様、早く元気になってください」

厩戸皇子も必死に祈っていた。

また、堅塩姫も穴穂部間人皇女も心から早い平癒を祈っていた。

用明天皇も仏法を信奉したいと、群臣に諮った。

排仏派の守屋と中臣勝海は大反対をした。

しかし、崇仏派の馬子は、多くの群臣達にしっかりした声で言った。

「詔を奉じて、天皇をお助けできないものか」

穴穂部皇子も用明天皇から、後継指名を受けての天皇への即位を目論んでいたので、倭国で初めての僧の豊国法師《とよくにほうし》を導いて用明天皇の内裏《だいり》に入って行った。

その様子を見て、守屋は烈火のごとく怒り、穴穂部皇子を激しく叱責した。

「汝は何を目論んでいるのか、馬子にそそのかされたか」

「いやいや守屋様、私は用明天皇をお助けしようと思っただけで、守屋様にそむく心は一切ございません」

穴穂部皇子は守屋に駆けよって、慌てて何度も頭を下げた。

しかし、この頃は泊瀬部皇子の策略によって、用明天皇の多くの群臣達は馬子の味方になっていた。

「守屋は非道である。武力で三輪逆を殺し、その上、皆を力で牛耳ろうとしている」

馬子も群臣達に強く訴えていた。

また、群臣の中でも守屋に対して強い態度に出る者もあらわれていた。

「物部守屋を殺してしまおう」

と過激な発言をする豪族も多くあらわれ、さすがの守屋も命の危険を感じ取り、逃げるようにして淡路の隠れ家に身を隠した。

ほどなくして用明天皇が崩御した。

三十五歳であり、在位期間はわずか一年七カ月であった。

馬子は憔悴していた。

「この若さで、これほど早くお亡くなりになってしまうとは」

さすがの、馬子も涙が止まらなかった。

堅塩媛も胸の前で手を合わせ、静かに目を閉じていた。

「なぜに、母よりも早く逝ってしまうのですか。まだ天皇に即位したばかりではありませんか」

言葉にならず、涙するばかりであった。

用明天皇の崩御《ほうぎょ》のあとも、後嗣《こうし》が定まらず皇位は空白になっていた。

馬子は泊瀬部皇子を皇位につかせる考えであったが迷いもあった。

その裏には姉の小姉君から強い懇願があった。

「泊瀬部皇子は我が子なれど、ずる賢く信用できない。馬子殿の力で是非とも穴穂部皇子を皇位につかせてほしい」

さすがに、母親の小姉君は子供の性格をよく見抜いていた。

「その時は、私も穴穂部皇子も馬子殿の手足になって働こう」

小姉君も必死であった。

泊瀬部皇子は兄の穴穂部皇子と行動を共にしながら、穴穂部皇子の様子を逐一、馬子に伝えていた。

「泊瀬部皇子のようなやつは、どうも信用できないな。いつ逆の立場になって私を裏切るかも知れないな」

馬子も泊瀬部皇子からの情報は有効に使っていたが、泊瀬部皇子の全てを信頼しているわけではなかった。

しかし、泊瀬部皇子は馬子に後ろ盾になってもらい、そのうえで兄の穴穂部皇子を失脚させる、計画をしっかりと描いていた。

そんな折、淡路に身を隠していた守屋から穴穂部皇子に密使が送られた。

「淡路へ来てほしい。我々とともに挙兵して、この際一気に馬子を滅ぼしてしまおう」

「我々とともに、次の天皇への即位を果たそうではないか」

穴穂部皇子は喜び勇んでこの計画に乗ってしまった。

母の小姉君のことや馬子のことを全く考えず、穴穂部皇子はすぐさま守屋に同意して、自分の兵士を引き連れて淡路に向かう準備を始めた。

あまりにも、軽率な行動であった。

即刻、泊瀬部皇子からの使者が馬子のもとに走った。

馬子は穴穂部皇子に激怒した。

馬子はすぐに姉の小姉君を呼びつけて、強い口調で言った
「穴穂部皇子の馬鹿さ加減にもほどがある」

「穴穂部皇子を討つ」

気丈な小姉君は涙を流し、馬子の手を取って懇願した。

「何とか穴穂部皇子の命だけは助けてほしい」

しかし、馬子は冷たく首を横に振るだけであった。

決断

西暦五八七年六月七日馬子は、炊屋姫を奉じて、穴穂部皇子と側近の宅部皇子を即刻討つ事を決断した。

馬子三十六歳の時の決断であった。

馬子はその日のうちに最も信頼のおける佐伯連丹経手《さえきのにふて》他二名に兵備を整えて、穴穂部皇子と影の参謀の宅部皇子を誅殺《ちゅうさつ》するように命じた。

佐伯連丹経手は代々続く武人家系で、戦闘能力にも優れ、馬子が信頼できる兵士の内の一人であった。

その日の夜半には佐伯連丹経手らは、穴穂部皇子の宮を囲んだ。

楼の上で戦闘準備をしていた穴穂部皇子は夜陰の中、楼を登ってきた数人の兵士に隙《すき》をつかれた。


瞬間、穴穂部皇子は一人の兵士に左肩をザックリ切られて、楼から転げ落ちた。

「しまった」

穴穂部皇子は痛みに耐えながら、隣家に逃げ込んだ。

闇の中、たいまつの灯りを頼りに激しい戦いが始まっていた。

たいまつを持った数人の兵士が、穴穂部皇子を追った。

馬子も必死であった。

その時、数人の兵士の叫ぶ声が聞こえた。

「穴穂部皇子がいたぞ!」

一瞬の静寂の後

「やったぞ！　首を取ったぞ！」

兵士達の歓喜の叫び声が響いた。

馬子もたいまつを握りしめ声の方向に走った。

佐伯連丹経手はべっとり血の付いた剣を持ち、無表情で穴穂部皇子の死体の横に立っていた。

穴穂部皇子は首をはねられ、無残な姿で横たわっていた。

あれだけ欲していた、天皇即位の野望は断たれた。

穴穂部皇子の死を知った、母の小姉君は半狂乱になって、泣きわめいていた。


その翌日の八日には、穴穂部皇子の側近で穴穂部皇子から一番信頼されていた宅部皇子も捕らえられた。

宅部皇子は、泣きながら命乞いをしていた。

「なぜに私は捕らえられ、殺されなければならないのですか」

「私は悪事には加担していません、馬子様のお味方でございます。馬子様私をお助けください」

しかし、馬子の命令で即座に首をはねられた。

穴穂部皇子が馬子によって殺害されたという、報告は即刻守屋にもたらされた。

守屋は一瞬動揺の色を見せたが、時を置かず河内国渋川郡の居宅に大軍とともに移動し、いち早く馬子からの襲撃に備えた。

一方、馬子にしては、かなり強い口調で、皇族、氏族、豪族、群臣達に叫んだ。

「もはや物部守屋を殺すしかない。皆で一致団結して闘おう。勝利は私達にある」

妻の太媛も夫の馬子と、兄の守屋の命がけの戦いを前に、馬子に挙兵するよう促した。

「主戦場は餌香川《えかがわ》になるでしょう。これは大変な戦いになりそうですね」

「絶対に勝利してください。生きて帰ってきてください」

太媛も不安であった。

夫と実の兄の戦いである。


ついに、馬子は諸皇子、諸豪族に働きかけ挙兵した。

その中には、用明天皇の皇子で若干十三歳の厩戸皇子（聖徳太子）や泊瀬部皇子（後の崇峻天皇）三十歳、炊屋姫の皇子の竹田皇子らが加わっていた。

馬子は自分が死んでも、この三人は生きて帰さなくてはいけないと思っていた。

厩戸皇子はまだ十三歳であったが、聡明で思慮深く、まじめでこれからの倭国をたくせるであろうと馬子は思っていた。

また、竹田皇子は敏達天皇と炊屋姫の皇子であり、炊屋姫に似て色白で眉も太くまた背も高く、おだやかで誰からも好かれる皇子であった。


七月に入り、ついに丁未の乱が始まった。

大和国を夜の明けきらない午前四時頃出陣した蘇我軍は午前九時には河内国の餌香川の河原で守屋の軍と対峙し、にらみ合いが続いていた。

空はどんよりと曇り、今にも雨が降り出しそうであった。

「無理に仕掛けず慎重に行きましょう」

竹田皇子は戦闘を前に緊張した面持ちで、馬子に言った。

「そうだな」

馬子もどう動くか難しい選択であったが、竹田皇子の言葉に深くうなずいた。

馬子自身も、かなり強い心臓の高なりを感じていた。

なかなか、戦いの糸口がつかめないままの膠着状態が続いていた。

代々、物部氏は軍事を担当していたので、非常に強靭な軍事力があり作戦面にもたけていた。

馬子が開戦の糸口を探しているうちに、あちらこちらで徐々に戦端がひらけ合戦の声が聞こえてきた。

一気に全面的な戦いへと進んで行った。

守屋をはじめ、多くの兵士は木の上から、蘇我軍に弓と矢で狙いをつけていた。

夏の葉に覆われた木々の上から雨のように矢が飛んでくる。

蘇我軍の進撃は思うに任せず、兵士は恐怖にかられ退却を余儀なくさせられた。

泊瀬部皇子も恐怖で青ざめた顔で、声を震わせて言った。

「馬子様いかにして戦いましょうか。このままでは数多くの兵士を失います」

物部軍はさすがに強靭で蘇我軍はなすすべがなかった。

蘇我軍は何度か攻撃を試みるが、みるみる河原は血で染まり、多くの死骸で埋まっていた。

二度目の退却を余儀なくされた蘇我軍は、戦端が開いて二時間ほど経っても、守屋の居場所すらつかめず、完全に手づまりの状態に陥っていた。

蘇我軍はすでに数百の兵を失い、馬子は失意の中で撤退か再度の攻撃か迷っていた。

すぐわきで、少年厩戸皇子が仏法のご加護を願って、白膠（ヌルデ）木で四天王の像を彫って戦勝を祈願していた。

「この戦いに勝利すれば寺を建て仏法を一層広くひろめる事を御誓い申し上げます」

厩戸皇子は静かに目を閉じて、小さな声で呟いた。

馬子も一緒に四天王像に手を合わせ、仏法のご加護を祈った。

「守屋の居場所を見つけて、守屋を討つしか勝利する方法がない」

馬子も気持ちを奮い立たせ再度の攻撃を決行することを決めた。

厩戸皇子も近くにいた兵士を呼び、兵士を鼓舞した。

そして、静かな口調で守屋の暗殺命令を下した。

「この戦は絶対に勝たなければならない。いま、仏法のご加護もお願いした」

「守屋は木の上から狙っているはずだ。お前達の力で何とか物部守屋を見つけ出し、守屋を殺せ」

その兵士の中に迹見赤檮《とみのいちい》もいた。


迹見赤檮は忠実で屈強な兵士で腕力も強く、また弓の名手でもあった。

厩戸皇子は四天王の祈願をこめた、矢を一本そっと赤檮に渡した。

「頼むぞ」

と肩を抱いた。

「きっと、仰せつかった事をかなえてみせます」

迹見赤檮は自慢の髭を左手でなでながら、厩戸皇子の手をしっかりと握り返した。
午後になると、雨が降り出し徐々に雨あしが強くなり、時々雷鳴も響いた。
雨の中、再度激しい戦いが始まった。
戦いの中、迹見赤檮らは木の下に回り込み、必死に守屋の姿を探した。
なかなか守屋を発見できず、赤檮もあせり動揺してきた。
木の陰に一人隠れて、おびえている兵士がいた。排仏派の中臣勝海であった。
中臣勝海は赤檮らの顔を見ると、剣を抜いて破れかぶれに突進してきた。
「ワーッ。死ね」
さすがに、赤檮は慌てなかった。
左手で中臣勝海の右手を押さえ、同時に自分の右手に持った剣で腹を突き抜いた。
中臣勝海は崩れるように、ぬかるみの中に倒れていった。
守屋と共に常に排仏派の先頭に立っていた、中臣勝海の生涯が終わった。
「中臣勝海がいたので、この近くに守屋もいるはずだ。探せ」
赤檮が押しつぶすような声で他の兵士に指示を出した。

その時、一人の兵士が木の上から弓を射ている、守屋らしき人影を発見した。

「守屋だ間違いない」

赤檮らは素早く木の下に移動し、一斉に木の上の守屋めがけて矢を射た。

数本の矢が守屋に命中した。

赤檮が放った、厩戸皇子から授かった矢は守屋の喉元に命中した。

守屋は木の上から地面にたたきつけられるように落ちてきた。

「いまだ」

赤檮ら数人の兵士は短剣を抜いて、守屋に襲い掛かり守屋のとどめをさした。

伝令が馬子のもとに走った。

「守屋が死んだぞ」

すぐさま両軍に伝わった。

蘇我軍は勢いづき、物部軍は総崩れ状態になった。

蘇我氏は親子二代にわたって対立してきた物部氏の勢力を完全に中央から排除する事に成功した。

仏と神との争いから、天皇擁立の争いにまで及んだ、馬子と守屋であったが、守屋が天皇即位を望んだ、穴穂部皇子は殺され、守屋の命も絶たれた。

ついに、守屋は馬子の前に敗れ去ってしまった。

蘇我馬子と物部守屋の戦いは終わった。

独裁

蘇我馬子の軍が雨の降り続く中、戦いが終わって三日後の昼過ぎに大和国に凱旋してきた。

雨の中、死んだ兵士を葬り供養してからの帰国であった。

兵士は皆、雨と汗と泥と血で衣服は汚れ切り、中には負傷している兵士も数多くいた。

勝利の凱旋の雰囲気はどこにもなく、馬子も厩戸皇子（聖徳太子）も泊瀬部皇子（後の崇峻天皇）も疲れきって足を引きずり、笑顔もなかった。

厩戸皇子は戦いの中、自分で彫りあげ祈願をこめた四天王像をしっかりと握りしめていた。

しかしその軍の中に、竹田皇子を姿はなかった。

母の炊屋姫（後の推古天皇）は竹田皇子を探しまわったが、誰一人として竹田皇子の所在が分かるものはいなかった。

「竹田皇子様はどうしたのだろう。どうしたか知っているか。死んだのか」

「いや、葬った兵士の中には、竹田皇子様のお姿は無かったように思えるが」

「竹田皇子様は、今のような皇位継承の争いを嫌って、他国に姿を消したかも知れないですね」

群臣達も囁き合っていたが、誰も消息は分からなかった。

次の天皇の有力候補と思われていた、敏達天皇と炊屋姫の皇子の竹田皇子の所在はまったく不明であった。

その後、誰も竹田皇子の姿を見る事はなかった。

守屋亡きあと誰の目にも、馬子の最強の時代の予感があった。

数日後、馬子は誰を次の天皇にするか思案していたが、今回の戦いの功労者でもある、泊瀬部皇子を不安ではあったが天皇に押す気持ちで固まっていた。

「今回の天皇の即位に関しては厩戸皇子はまた十三歳であるし、泊瀬部皇子でいくしかないな」

ただ気がかりは、穴穂部皇子が死に、竹田皇子が消えた後の有力な皇位継承者の押坂彦《おしざかのひこ》人大兄皇子《ひとのおおえのみこ》の存在であった。

多くの群臣達も押坂彦人大兄皇子を慕い、天皇に押してもいた。

押坂彦人大兄皇子は敏達天皇と皇后広姫の第一皇子であった。

大柄で、筋肉質で時としてカッとして怒鳴り散らすこともあったが、非常に理論的で、まだ二十代の若さであったが議論にもたけていた。

しかし、押坂彦人大兄皇子は今回の戦いにも参加しなかった。

排仏論者であり以前から守屋との親交が深く、守屋寄りの行動を取っていた。

押坂彦人大兄皇子は、馬子にとって非常に厄介な存在であった。


押坂彦人大兄皇子は糠手姫皇女《ぬかでのひめみこ》を妃に迎え皇子ももうけていた。

後の舒明天皇《じょめいてんのう》であり、天智天皇《てんじてんのう》、天武天皇《てんむてんのう》と続く皇子である。

押坂彦人大兄皇子は父の敏達天皇と同様、蘇我氏とは血のつながりのない、有力な皇位継承者であった。

馬子は先の戦いで、守屋を殺害し大きな功績を残した、迹見赤檮《とみのいちい》を秘密裏に自宅へ呼んだ。

食事を振るまいながら、馬子は独り言のように呟いた。

「押坂彦人大兄皇子がこの世から消える方法はないものかのう」

と言いながら食事を口にしていた。

妻の太媛も食事を運びながら赤檮に微笑みかけた。

せていた。


「主人馬子は赤檮様のことを誰よりも頼りにして、心から信頼しております」

赤檮は黙って食事を口に運んでいたが、いかにして押坂彦人大兄皇子を殺すか考えを巡らせていた。


翌日の夜半、迹見赤檮はただ一人、押坂彦人大兄皇子の邸宅の前でそっと身を隠すように草の中にふせっていた。

さすがに、警戒は厳重であった。

月もなく真の暗闇である。

夜半過ぎの時刻にも関わらず、数人の警備の兵士がたいまつを片手に行き来していた。

「う〜ん、一人で入り込むのは難しいか」

赤檮は単独で来た事を少し悔やんだ。

「自分は馬子様にこれだけ信頼されているし、絶対やり遂げよう」

赤檮は警備の兵士の動きを見ながら、寝所の近くまで素早く入り込んだ。

その時、たいまつを持った兵士が一人こちらに小走りで向かって来た。

「しまった、見つかったか」

赤檮は素早く庭の石の後ろに身を隠した。

「何か、人の気配がしたが、気のせいだったか」

兵士はたいまつの灯りで周りを確認しながら、ぼそぼそっと独り言を言って去っていった。

「今だ」

赤檮は寝所めがけて音を立てずに、暗闇の中を一気に走った。

押坂彦人大兄皇子は一人でぐっすり寝込んでいた。

瞬間、赤檮は左手で口を押さえ、右手の短剣で喉を横に払った。

大量の血があたり一面に飛び散り、押坂彦人大兄皇子は小さくうめき声を上げた。

ほんの数秒の出来事であった。

赤檮は押坂彦人大兄皇子の心臓が止まったのを確認すると、血の付いた身体のまま庭に飛び降りて、警備の兵士の動向を素早く確認した。

「よし、大丈夫だ、警備の兵士はいない」

赤檮は小走りに、闇の中に消えて行った。

警備の兵士は誰一人として気付かなかった。

翌朝、押坂彦人大兄皇子邸は大騒ぎになった。

西暦五八七年九月、馬子は泊瀬部皇子を即位させ、崇峻天皇とした。

三十歳であった。

炊屋姫（後の推古天皇）は皇太后となった。

崇峻天皇も、炊屋姫も馬子の二人の姉の皇子、姫皇女である。

馬子の血族で固めた皇位であった。

崇峻天皇の母の小姉君は、病の床にいた。

三カ月程前までは元気であったが、穴穂部皇子の死後、急激に体調が悪くなり今は起き上がる事すらできなくなっていた。

側近の者から崇峻天皇即位の報を聞き、

「本当に良かった」

と青ざめた顔で、涙を流しながら微笑み、弱弱しく一言つぶやいた。

それから、間もなくして静かに息を引き取って行った。

必死で皇位をめざした、穴穂部皇子の天皇即位は叶わなかったが、強く気丈で、また悲しくもあった、女性の四十七年の生涯であった。

その後、馬子の妻の太媛は守屋の妹である事を理由に、物部氏の領地の相続権を主張したので、半分は馬子のものになった。

他の半分は先の戦いで勝利に導いていただいた四天王像を祀る、四天王寺建立用地として寄進された。

迹見赤檮には、馬子の裁量によって物部氏の領地から一万の田が与えられた。

野望

崇峻天皇は即位後、欽明、敏達、用明天皇ら倭王権成立以来の伝統的な地でなく、山間部の倉梯柴垣宮《くらはししばかきのみや》に宮を造営して、馬子とは極力接触しないように距離をおいた。

崇峻天皇は天皇になるまでは、馬子と表面上上手くやっていたが、自分の実兄の穴穂部皇子の殺害に関してや、また押坂彦人大兄皇子の暗殺の冷酷さに馬子に対しかなりの恐怖心、また不信感を持っていた。

また、自分は馬子の傀儡にはなりたくない。

自分の考えで、政治をやっていきたいと強い信念を持っていた。

そもそも、仏教の普及に関しても崇峻天皇は興味がなく、馬子のように仏教を信仰し広く伝えていこうと言う考えは全く持っていなかった。

そんな中、馬子は先の守屋との戦いに勝利したお礼で、自身の発願で蘇我氏の氏寺として飛鳥寺（法興寺）の建立を急いでいた。

まだまだ、仏教が本格的に認知されていない中、天皇に相談もなく蘇我氏の氏寺として大伽藍寺院の建立には崇峻天皇は大反対であった。

「馬子は何を勝手な事をしているのだ」

崇峻天皇は群臣達の前で叫んだ。

「天皇に即位する以前はあれほど馬子様を慕っていたのに、どうしたのでしょう」

群臣達は言葉を発することができなかった。

また、多くの群臣達は強く危惧していた。

「崇峻天皇は馬子様の事をあれほどまでに悪く言ってしまって、身に危険が及ばないだろうか」

崇峻天皇にとって、馬子の存在は脅威でもあり、また排除したい存在であった。

「天皇になったからには、自分の力でしっかりした政治をやって行きたい」

そのような、強い思いがあった。

一方の馬子は崇峻天皇即位後に拝謁《はいえつ》もしていなかったため、自分を避けようとしている、崇峻天皇の考えを計りかねていた。

「崇峻天皇は一体何を考えているのか。なぜ私を避けようとしているのか」

「天皇になった途端、崇峻天皇の様子が大きく変わったな」

馬子自身、崇峻天皇の行動にかなりの不信感をつのらせて行った。

馬子は、このような状況を打開しようと、考えを巡《めぐ》らせ娘の河上姫《かわかみのいらつめ》を崇峻天皇の妃に嫁がせた。

河上姫は十八歳になったばかりで、若く輝いていた。

さほど美人ではないが笑顔が可愛く、また優しい口調で穏やかな思いやりのある女性であった。

「父上様からのお話であれば、喜んで崇峻天皇のもとに嫁ぎ、妃として崇峻天皇お支えしてまいります」

河上姫は柔らかく微笑みながら、崇峻天皇のもとに嫁いで行った。

しかし、崇峻天皇は河上姫のもとには、ほとんど近寄らなかった。

「馬子の見え透いた策略だな」

河上姫に冷たかった。

それればかりか、馬子が知らないうちに、大豪族で大連でもある権力者の大伴糠手子《おおとものぬかてこ》の娘の小手子《こてこ》を妃に迎えていた。

大伴糠手子は古くからの豪族であったが、ここ数年厩戸皇子や古人大兄皇子に接近し、天皇に近付きたいと働きかけていた。

「崇峻天皇はこの馬子を裏切るのか。なぜに何も告げずに小手子妃を迎え入れたのか。私を馬鹿にするにも程がある」

馬子は激怒した。

しかし、馬子もできれば穏便に解決しようと思い、自分が出向くより、炊屋姫（後の推古天皇）の方が良いのではないかと判断して、炊屋姫を崇峻天皇のもとに出向かせた。

崇峻天皇はなおさらにかたくなで、炊屋姫の言うことも耳にしなかった。

「これからのまつりごとは、天皇（自分）の判断で自らが進めて行くので余計な口出しは無用」

と強い口調であった。

しばらくして、小手子妃が蜂子皇子《はちのこのおうじ》を出産した。

馬子はおおいに困った。

崇峻天皇が大伴氏の娘と結ばれ、蜂子皇子が皇位を継承するような事になると馬子は完全に外戚の地位を失い、天皇家の嫡流《ちゃくりゅう》が崇峻天皇と大伴氏に移ってしまう。

馬子は現在の政治の実権は握っているものの、大きな危機を感じていた。

また、崇峻天皇も内密に馬子を排除する計画を目論んでいた。

「このままだと、きっと馬子が自分の命を狙ってくるだろう。しかし、天皇を狙えば馬子は逆賊なるぞ」

「馬子を失脚させられないものだろうか」

信頼できる何人かの群臣を集めて合議を重ねていたが、群臣達は馬子の権力の前にすっかりおびえており、なかなか話がまとまらなかった。

崇峻天皇は、自分のまわりの群臣達に、ほとほと愛想をつかせて、厩戸皇子（聖徳太子）を呼び馬子排除に関して秘密裏に意見を求めた。

厩戸皇子が自分にとって、味方なのか敵なのか見極め、何とか味方に引き込もうという策略もあった。

崇峻天皇の賭けでもあった。

厩戸皇子は思慮深く、静かな口調で、

「今は、国の内外が大変難しい時期でもあり、いま蘇我氏に対して戦いを仕掛けるのは得策ではない。お止めになった方がよろしいでしょう」

「馬子様は大変怖いお方です。敵にまわさぬ方がよろしいかと思います」

と崇峻天皇をいさめた。

また、馬子には、

「崇峻天皇があなたのお命を狙っております。充分にお気をつけください」

「私は馬子様の味方でございます」

と巧妙に立ち回った。

厩戸皇子も自分の天皇への即位を考えており、馬子に後ろ盾になってほしいと望んでいた。

また、馬子の心を読み、

「仏法を広くひろめるために、現在四天王寺の一刻も早い建立の計画を進めております。

是非とも馬子様のお力をお貸しください」

と、しっかりと馬子の心も掴んでいた。

西暦五九二年（崇峻天皇五年）、馬子四十一歳、厩戸皇子十八歳であった。

騙《だま》す

馬子の腹はきまった。

崇峻天皇暗殺の決行である。

しかし馬子と言えども、さすがに天皇の暗殺となるとたやすい話ではなかった。

厩戸皇子や自分の側近の者達にも、簡単には相談もできない。

外に話が漏れた瞬間、自分が逆賊になってしまう。

馬子は妻の太媛に崇峻天皇暗殺計画をそっと漏らした。

太媛は下を向き、しばらく考えていた。

「貴方の好きなようにやれば、良いのではないですか」

「そう容易《たやす》くは天皇のお傍に近づけないでしょうが、貴方と私の娘の河上姫がいるではないですか。娘に殺させて他の者に罪をきせて、貴方がその者を処刑してしまえば良いではないですか」

恐ろしい暗殺計画であった。

また太媛は、この時とばかりに言葉を続けた。

「私達は兄の守屋や多くの人達の命を奪ってきました。今の暗殺計画も何人かの命がなくなるでしょう」

「これを最後に私は仏門ではなく神職になり、神様にお仕えして、今まで奪った多くの命の弔いをしていきます」

「なにゆえに」

馬子は太媛の顔を覗き込んだ。

「私は馬子様の妻として長くやってきました。しかしその間多くの血が流れ、多くの命が失われてきました。また兄の守屋の死にも関わりました。もう、私を許していただきたいと思います」

太媛は毅然として、はっきりとした言葉で馬子に伝えた。

「分かった。身体に気をつけてな」

馬子の目に涙があふれたが、そう言うしかなかった。

「ありがとうございます。馬子様のご武運、また成功を心からお祈り申し上げます」

太媛は馬子の前から微笑みながら静かに去って行った。

その後の太媛は神職の重職につき、生涯神に仕えたと言われている。

炊屋姫も馬子邸を訪れ、馬子に秘かに告げて行った。

「崇峻天皇は馬子様のことを嫌っています。このまま放置しておくわけにもいかないでしょう。このままでは馬子様の身が危険でございます」

「今後のこと、ご一考ください」

「必要とあれば、私と厩戸皇子もお手伝い致しましょう。二人は馬子様のお味方でございます」

翌日、馬子はそっと河上姫を邸宅に呼んで、崇峻天皇の暗殺計画を話した。

河上姫にとって夫の殺害計画である。

河上姫は驚き、一瞬顔を曇らせたが、はっきりした声で馬子に言った。

「分かりました。やりましょう」

「私がやります。父上様の窮地をお救い致します」

河上姫は静かにほほ笑んだ。

いよいよ、崇峻天皇の暗殺計画が具体化してきた。

馬子は日を改めて、邸宅に東漢駒《やまとのあやのこま》を呼んだ。

東漢駒は愚鈍であったが、大柄のうえ怪力の持ち主で、多くの群臣から恐れられていた。しかし、馬子に対しては非常に忠実であり、屈強な兵士であった。

馬子は小声で東漢駒にそっと漏らした。

「崇峻天皇の暗殺を実行するので天皇の護衛の兵士にばけて、見張りをしていてほしい。もし、護衛の兵士に気付かれた時は、お前の力でくい止めて河上姫を守ってほしい。そしてこの計画が成就した時は、お前に上級官位を与えて河上姫を嫁がせよう」

東漢駒は馬子から極秘計画を打ち明けられて、嬉しくまた意気に感じていた。

「承知しました。馬子様のご命令であれば命にかえても、河上姫様をお守り致します」

しっかりとした口調で答えて馬子に微笑んだ。

日をおかず暗殺計画の実行となった。

河上姫が崇峻天皇の寝所へ久しぶりに召されたかのように入って行った。

同行の女官達は、全て河上姫の側近で忠実な者達で固めていた。

東漢駒も護衛の兵士になりすまして、庭先で他の護衛の兵士達の動向に注意をはらっていた。

河上姫は静かに目を閉じていたが、崇峻天皇が寝入ったのを確認すると素早く全裸になり、崇峻天皇に馬乗りになりながら隠し持っていた短剣を天皇の胸をめがけて数回にわたってつきたてた。

大量の血が飛び散った。

「な、なにを」

瞬間、崇峻天皇は目を見開き、うめくように叫んだ。

しかし、一瞬のうちに絶命した。

崇峻天皇の呼吸が止まったのを確認すると、河上姫は素早く身体についた血を、拭き白絹の肌小袖を身にまとい、女官達と寝所を後にした。

その翌朝、夜も明けきらぬなか、馬子はすぐさま側近の兵士二十人ほどで東漢駒を縛り上げ猿ぐつわをかませて、崇峻天皇の群臣達の前に引きずり出した。

東漢駒は何が何だか分からず、泣きながら大声でわめいていた。

馬子が言い放った。

「崇峻天皇を殺害したのは、この男だ。我が娘、河上姫を強奪するために、天皇を殺害した極悪人だ」

と叫んで即座に切り捨ててしまった。

西暦五九二年（崇峻天皇五年）十一月のわずか一日の出来事であった。

崇峻天皇三十五歳であった。

崇峻天皇はもがりの宮の造営もなく、その日のうちに即刻埋葬となった。

同時刻、厩戸皇子は崇峻天皇と小手子妃の皇子の蜂子皇子を馬子から助けようと馬子には内密に行動していた。

「このままでは、馬子様に皆殺しにされてしまう」

「これ以上、多くの死者は出したくない。ましてや、まだ幼い蜂子皇子の命だけは　助けてやりたい」

厩戸皇子の必死の計らいで四歳の蜂子皇子は、お付きの乳母に手をひかれて都を逃れて行った。

「ありがとうございます。ありがとうございます」

二人は、何度も何度も頭を下げて、蜂子皇子の手を引いて足早に去って行った。

「気をつけて、お逃げください。しっかり生きてください」

「幼い蜂子皇子には、無事に生き延びて欲しい」

厩戸皇子は二人の無事を祈りながら、いつまでも見送っていた。

翌日、後を追うように小手子妃も実父と娘の錦代皇女《にしきてのこうじょ》と都をのがれていったが、悲しい事に蜂子皇子との再会は果たせなかった。

さらに、途中で錦代皇女を病で亡くし、小手子妃は悲しみの中で、川へ身を投げて、悲しい生涯を閉じる事になってしまった。

また、蜂子皇子のその後の消息は不明である。

血のつながり

西暦五九三年一月、蘇我馬子の推挙で炊屋姫が即位して推古天皇となった。

当初は炊屋姫はかたくなに天皇即位を拒んでいたが、馬子や群臣の強い推挙で何とか即位を受諾した。

倭国で初めての女帝であり、推古天皇三十九歳であった。

当初、馬子は推古天皇は一時的なつなぎの天皇と考えていた。

心の中では、自分と強い血縁関係にある、厩戸皇子を天皇に推挙したかったが、まだ若いので、いましばらくして厩戸皇子を天皇に即位させようと考えていた。

推古天皇は欽明天皇と蘇我馬子の姉の堅塩媛の皇女であり、用明天皇の妹で馬子とは強い血縁関係であった。

また厩戸皇子（聖徳太子）は馬子や推古天皇の推挙もあって、皇太子になった。

十九歳であったが、次の天皇の最有力候補であった。

厩戸皇子は推古天皇の兄の用明天皇《ようめいてんのう》と穴穂部間人皇女《あなほべのはしひとのみこ》（馬子の姉の小姉君の皇女）の皇子であり、やはり推古天皇と馬子と強い血縁関係で結ばれていた。

この時代は実の親子、同じ母の子供同士以外の婚姻は認められており、血縁を強く重視していた。

「皇后」という地位が確立されるのは七世紀末であり、この時代から百年ほど先になる。

また、「皇后」や「夫人」といった序列が明確に存在していたわけではなく、天皇の妃の序列もはっきりしていなかった。

かなり血のつながりを重要視していたものと思われる。

多くの命が失われ、多くの血が流れた中、いよいよ強い血縁関係の推古天皇、蘇我馬子、厩戸皇子の三人による、政権が始まろうとしていた。

しかし、絶対権力は蘇我馬子が持っており、推古天皇と厩戸皇子は傀儡にすぎなかった。

そのような中、蘇我氏の氏寺の飛鳥寺の建立に続いて、厩戸皇子により四天王寺が建立になった。

また、厩戸皇子が馬子の娘で蝦夷《えみし》の姉の刀自古郎女《とじこのいらつめ》を妃に迎えた。

刀自古郎女は河上姫の妹でもあり、河上姫に似て優しく思いやりがあり品のある女性であった。

「私は、厩戸皇子様と一緒に幸せになります。厩戸皇子様を生涯おしたいして、生きてまいります」

刀自古郎女は嬉しそうに、厩戸皇子に嫁いで行った。

「厩戸皇子様は将来天皇になられるお方だ。しっかり厩戸皇子様を支えて、お前も幸せになりなさい」

馬子は大変に喜んだ。

推古天皇は一時的な中継ぎ天皇という考えで、いましばらくして厩戸皇子を天皇に即位させる考えであった。

そのためにも、自分の娘を妃にして、しっかりと足場を固めておきたかった。

群臣達の誰もが、次の天皇は厩戸皇子がなるものと思っていた。

馬子も次の天皇の厩戸皇子に大きな期待をかけていた。

失意

西暦六〇〇年（推古天皇八年）馬子は大陸の文化を取り入れ、また強大国家の隋と友好関係を結ぶ必要があると考え、厩戸皇子に隋に使者を出すよう大任を命じた。

「厩戸皇子よ、今回の隋への使者は大変重要な任務である。何としても成功させなくてはならない。頼むぞ」

「今回のこの任務を成功させて、義父の馬子様の期待にこたえなければ」

厩戸皇子は義理の父でもある馬子に大任を命ぜられ、かなりの緊張と精神的な重圧の中、素早く人選をし隋に使節団を送るべく準備を進めた。

しかし、この人選は厩戸皇子の側近ばかりで厩戸皇子にすり寄っている者達ばかりであった。

厩戸皇子は誰からも信頼され人望もあったが、臣下の言うことに強く駄目と言う事ができず、気持ちの優しさがわざわいすることがあった。

馬子はこの人選には強い不満があった。

「厩戸皇子の側近ばかりではないか」

馬子は厩戸皇子を呼びよせ、

「このような者達だけで大丈夫か。もっとしっかりした者達を使者として遣わすべきではないか」

静かな口調であったが、不安は隠せなかった。

厩戸皇子は馬子にそう言われると、内心迷いはあったが、

「大丈夫です。あの者達を信頼しています。きっと立派な成果を上げてかえってきます」

と馬子にきっぱりとした口調で答えた。

厩戸皇子は、自分の力を認めてもらいたいという思いと、また不安な気持ちとが入り混じり心の中では激しい葛藤があった。


結果は大失敗であった。

隋の高祖の文帝の問いに対して、厩戸皇子が派遣した者達の答え方が悪く、文帝を激怒させてしまい、倭国の政治の在り方を正すよう、多くの要求を突き付けられてしまった。

「厩戸皇子は何をやっているのだ」

「あのような者達をなぜ派遣したのか」

馬子の怒りとともに、厩戸皇子の信頼も大きく失った。

失意の中、厩戸皇子は斑鳩宮の造営に取りかかった。

政治の中心の都から二〇キロほど離れた場所であった。

推古天皇も馬子も、厩戸皇子の行動が疑問であった。

「なぜ、あのような離れた場所に宮を造らなければならないのか」

馬子が優しく諭すように質問した。

厩戸皇子はすっかり自信を無くしており、

「私には、政治をやっていく自信がありません。私は仏教に帰依して生きていきたいです」

「申し訳ございません」

と涙を流しながら訴えるように頭をさげた。

「厩戸皇子は心が優しすぎたかも知れないな」

馬子は推古天皇に独り言を言うようにぽつりといった。

その顔には、落胆の色が漂っていた。

厩戸皇子は完全に自信を失っていた。


数日して、馬子はあらためて厩戸皇子を呼んだ。

「政治の中心地から離れず、中央で政治を行いなさい。貴方を早い時期に天皇に即位させるつもりだ」

「自信を持ちなさい。私が後ろ盾になって、厩戸皇子を支えよう」

馬子は静かな口調で、再度厩戸皇子を励ますように言った。

この時代は、天皇の生前譲位という考え方はなかったが、馬子は推古天皇に退位を促し厩戸皇子への生前譲位を考えていた。

しかし、厩戸皇子は自暴自棄におちいっており、完全に自信も失っていた。

「申し訳ありません。馬子様のお気持ちは本当に嬉しく思います。しかし、私には天皇になる資格もないし、天皇になる器でもありません」

「生涯私は仏教に帰依して生きて行きたいと願っております」

厩戸皇子は静かな口調で言葉を選びながら話し深く頭を下げた。

厩戸皇子は馬子の期待に答える事が出来なかった。

この頃の倭国（日本）は新羅との交戦や、国内政治の整備等で大きく揺れ動いていた。

そのような中、さびしく厩戸皇子は斑鳩宮に移り住んで行った。

厩戸皇子三十二歳であった。

本来ならば、馬子が厩戸皇子を天皇に即位させようと考えていた年齢であった。

間もなくして、厩戸皇子の妃で敏達天皇と推古天皇の姫皇女の菟道貝蛸皇女《うじのかいたこのひめみこ》が若くして病に倒れあっけなく死去してしまった。

厩戸皇子は悲しみにくれて、ますます深く仏教に帰依していき、斑鳩宮の西方に法隆寺、中宮寺、法起寺を建立した。

蘇我蝦夷は十八歳になっていた。

いよいよ、中央政治の舞台への登場である。

父の馬子以上に強引でありながら、無口で陰険で冷酷な性格であった。

しかし、頭の回転は早く、指示は的確であった。

「蝦夷様は冷酷すぎる。もう少し家臣達に温かい心で接しられないものだろうか」

推古天皇は冷酷な蝦夷のことは、扱いづらく嫌っていた。

しかし、馬子の子であり、協調して一緒に政治を行っていくしかなかった。

蝦夷は矢継ぎ早に政治を進めて行った。

西暦六〇七年（推古天皇十五年）に再度隋へ使者を送ることになった。

中国の強大国家の隋と友好的な交流を持たなくてはならず、西暦六〇三年に冠位十二階の制定、さらに六〇四年に十七条憲法の制定など、隋になじんだ政治改革を行った上で、馬子は再び使者を隋に送ることにした。

馬子の胸中には、以前からこの男の名前があった。

小野妹子《おののいもこ》である。

小野妹子は冠位十二階の五位の大礼の地位であったが、馬子はかなり有能な人物とみていた。

冠位十二階とは、身分に関係なく有能な人材を登用し、天皇の中央集権を強める事を目的として、制定された制度である。

また、小野妹子は近江国滋賀郡の豪族で、勉強熱心で朝鮮半島また隋の情勢にも非常に詳しい上に、穏やかで群臣達を導いていく力も持っていた。

前回の隋への派遣でも本当は妹子を送りたかったが、厩戸皇子の言うがままにして失敗してしまい、自分でもかなり悔やむところがあった。

今回は、絶対に失敗は許されない。

推古天皇と馬子、それに蝦夷は小野妹子を呼び寄せ、

「今回はどのようにしても、隋と友好関係を築いて帰って来てほしい、頼んだぞ」

と全権を託した。

「はい、全力を尽くして隋との友好関係を築いてまいります」

妹子は緊張の中にも力強く、しっかりとした言葉で頭を深く下げた。

妹子達は推古天皇からの国書を預かり、多くの仏教の修行僧とともに隋に出発して行った。

妹子は翌年帰国するが、再び隋に渡ることになり遣隋使としての大きな働きが認められて、後に推古天皇から冠位十二階の最上位の大徳を授けられた。

その後、遣隋使は西暦六一五年の第五回の派遣まで行われた。

西暦六一八年、隋の国内で反乱が起き、隋の暴君であった二代皇帝の煬帝《ようだい》は殺害され隋は滅亡し、唐が成立することになる。

哀《かな》しみ、そして悩《なや》み

西暦六一二年（推古天皇二十年）二月、堅塩媛《きたしひめ》は臨終の床にいた。

痩身であったが一層痩せ細り、食事もできず死を待つ状態であった。

馬子は必死で姉の回復を祈っていたが、命の炎が消えるように堅塩媛は静かに息を引き取って行った。

七十三歳であった。

欽明天皇の妃であり、用明天皇、また現在の天皇の推古天皇の母であり、厩戸皇子（聖徳太子）の祖母でもある堅塩媛の一生が終わった。

馬子は悲しみの中、ただちに群臣達に指示を出した。

「夫の欽明天皇が埋葬されている、檜隈大内稜《ひのくまおおうちのみささぎ》を急ぎ改修をしなさい。檜隈大内稜に堅塩媛を合葬《ごうそう》します」

群臣達は大慌てで人足達を集めて、大がかりな土木工事に取り掛かった。

誄《しのびごと》を奉る儀式も馬子主導のもと、推古天皇参列のなか盛大に行われた。

まさに、蘇我氏の絶大な権威と権力を示す壮大な儀式であった。


厩戸皇子は斑鳩宮《いかるがのみや》で仏教に深く帰依《きえ》していた。

中央の政治にかかわることもなく、推古天皇や馬子とも会うこともなく穏やかな生活をしていた。

妃の刀自古郎女《とじこのいらつめ》との子の山背大兄王《やましろのおおえのおう》も成長し十七歳になり、今の政治状況が分かる歳になっていた。

その後の数年間の中央政治は推古天皇、蘇我馬子、蝦夷親子にまだ歳の若い田村皇子（後の舒明天皇）が加わって、活発に進められていた。

田村皇子の父は蘇我馬子に暗殺された、押坂彦人大兄皇子であり祖父は敏達天皇であった。

田村皇子は父の押坂彦人大兄皇子は馬子により、暗殺されたということは知っていたが、馬子の子で七歳年上の蝦夷を大変慕っていた。

二十三歳の田村皇子は、まだ歳も若く皇位への野心もなく、純粋に倭国の発展を願って、中央政治に加わっているようにみえた。

しかし、また蘇我氏に逆らうと父と同様に殺されてしまうのではないかと言う怖さもあり、蝦夷と親密な関係を築いていこうという複雑な思いもあった。

蝦夷は自分より歳も若く、自分を慕ってくる田村皇子を弟のように可愛がり、仕事もよく教えていた。


馬子は実権の全てを握っていたが、次の天皇のことを考えるのが頭痛の種であった。

「推古天皇もまだまだ元気だが、もう六十歳を過ぎてしまったな。そろそろ後継を考えていかないといけないないな」

第一の皇位継承者と目論んでいた、厩戸皇子はすっかり期待が外れて斑鳩宮に籠ったきりであった。

また厩戸皇子と自分の娘の刀自古郎女の子である山背大兄王もまだまだ若かった。

また、田村皇子は有力ではあるが敏達天皇系で蘇我氏の血を継承していない天皇になってしまう。

蘇我氏の血を継承して、蘇我氏が実権を握れる天皇候補がいなくなってしまった。

「蘇我一族との血縁関係のある、有力な天皇候補がいなくなってしまったか」

「しかし、次の天皇には田村皇子を即位させるしかないか」

馬子はいろいろ考えを巡らせていた。

そのようななか、田村皇子を次の皇位に着かせたいと、強く考えている者がいた。

茅淳王《ちぬのおおきみ》である。

茅淳王は、田村皇子の異母兄であり、馬子に暗殺された押坂彦人大兄皇子の子であった。

「私の父は馬子に暗殺され、悔しい思いは絶大だが、蘇我一族と上手く関係を作って行かなくてはならないな」

茅淳王は、宝皇女（後の皇極天皇・斉明天皇）と軽皇子（後の孝徳天皇）の父親でもあった。

茅淳王は、当初は自分が皇位に着く気持ちを強く持っていた。

しかし、狩猟の途中で足を滑らせ転倒した時に、脚と肩を骨折し一人での生活が難しくなってしまったので、皇位の継承は断念せざるを得なかった。

そこで、弟の田村皇子が皇位につく事を強く願っていた。

異母弟である、田村皇子に天皇に即位してもらいたい。

「自分も天皇の兄として、中央政権で大きな力が持てるようになりたい」

茅淳王の強い願望があった。

ただそれには、最大の権力を持ち天皇即位の権限まで持っているのは、蘇我氏一族であり、血のつながりのない蘇我氏との良好な関係を、如何にして築いていくか苦慮していた。

他方、馬子は田村皇子に自分の娘の法提郎女《ほほてのいらつめ》を妃にする計画をたてていた。

「推古天皇の次の天皇には、娘の法提郎女を妃として田村皇子を即位させよう」

「田村皇子にも、蘇我一族との血のつながりを持たせた上で皇位の継承をさせたい」

六十歳半ばになった、馬子もいろいろ思いを巡らせていた。

また、蝦夷は、

「次の天皇は田村皇子でいいだろう。田村皇子なら私には絶対服従であるし、私自身の支配下における」

との、考えを持っていた。

茅淳王にしても、馬子にしても、蝦夷にしても、それぞれの思惑は違ってもつぎの天皇は田村皇子ということで一致した考えを持っていた。

厩戸皇子（聖徳太子）の死

厩戸皇子には妃が四人いたが、膳部菩岐々美郎女《かしわでのほほきみのいらつめ》を最も愛していた。

膳部菩薩岐々美郎女に、

「死後は一緒に墓に入ろう」

とも言って、とても仲睦まじかった。

一方、馬子の娘の刀自古郎女は厩戸皇子の後継者ともいえる山背大兄王《やましろのおおえのおう》を産み育て膳部菩岐々美郎女より高い身分にも関わらず、また父親は現在の最高権力者であるにも関わらず、常に二番目の存在であった。

「自分より身分の低い女に夫を奪われた」

父親の馬子にも言えず、厩戸皇子と膳部菩岐々美郎女に対して日々悲しくさびしい思いで生活を送っていた。

また、刀自古郎女は優しい女性ではあったが、厩戸皇子と膳部菩岐々美郎女にかなり強い嫉妬感情も持っていた。

「厩戸皇子様のことを、これほどまでに気遣って、優しく愛しているのに、なぜに私に振り向いていただけないのでしょうか」

一人で涙を流す事もたびたびあった。


西暦六二二年（推古天皇三十年）、厩戸皇子と膳部菩岐々美郎女は天然痘にかかっていた。

二人とも、かなりの重症であり、当時とすると生命が危うい状態であった。

厩戸皇子は、刀自古郎女呼び寄せて懇願した。

「申し訳ないが、二人の看病をしてもらえないだろうか」

その言葉を聞いた、刀自古郎女は優しく、

「その様な事を、なぜこの私に頼むのですか」

反面冷たい口調で厩師皇子に返した。

厩戸皇子は高熱で苦しむなか、やっとのことで起き上がって、

「本当に申し訳ない。すまない」

と深々と頭を下げた。

重い天然痘にかかって気弱になっている厩戸皇子が情けなく、今までの深い愛情が急激に強い憎しみと、殺意に変わっていくのが分かった。

膳部菩岐々美郎女が憎い、また厩戸皇子も憎い。

「なぜに、今更二人の看病を私に頼むのか。許せない」

「もう、この二人は殺すしかない」

それも膳部菩薩岐々美郎女を先に殺し、その後厩戸皇子にそのことを知らしめて悲しませてから殺す。

今までの悔しさがあふれた計画であった。


夜になるのを待って膳部菩岐々美郎女の寝室にそっと入って行った。

顔を覗き込むと、熱が高いためか少し苦しそうであったが良く眠っていた。

数分間、静かに顔を覗き込んでいた。

膳部菩岐々美郎女は、何か気配を感じたのか目を覚ましかけた。

「何をしているのですか」

驚いたような声をあげた。

「貴方を殺しに来たのです」

「えっ」

膳部菩岐々美郎女は急いで起き上がろうとした。

その瞬間、膳部菩岐々美郎女の首に紐をまわし力の限りしめ上げた。

膳部菩岐々美郎女は目を見開き、

「何をするのか。お止めください」

と叫んで、もがき苦しんで死んでいった。

その後も、刀自古郎女は膳部菩岐々美郎女の枕元にじっと座ったままで、一睡もしないで夜明けを迎えた。

まだ、薄暗い夜明けの早朝に刀自古郎女は、厩戸皇子の横に静かに座った。

厩戸皇子はまだ眠っていた。

高熱のためか、呼吸も早く苦しそうでもあった。

そっと肩をゆすり、

「膳部菩岐々美郎女様を、昨夜私が首を絞めて殺しました」

小さな声でそっと告げた。

厩戸皇子は、はっとした感じで目を開き、天然痘で苦しむ中やっとのことで声を出し、起き上がりながら、

「えっ、本当ですか。なぜにそんな無慈悲な事をしたのですか」

信じられない様子であり、とても弱弱しい口調だった。

「それほどまでに、私達が憎かったのですか」

「それほどまでに私が憎いのであれば、私も殺してほしい」

「貴方に対して、本当に申し訳なかった」

途切れ途切れに言葉をつないで、涙であふれた目を閉じた。

刀自古郎女も、涙を流しながら、

「私もずっと、ずっと悔しく眠れぬ日々を過ごしてまいりました」

「貴方を殺して、私は遠い地に赴き出家して一生貴方を弔います」

「そうですか。貴方に殺されるなら、私も本望です」

厩戸皇子は姿勢を正座に変えて、合掌して静かに目を閉じた。

昨夜の紐を厩戸皇子の首にまきつけ力の限りしめ上げた。

厩戸皇子は一瞬苦しそうにうめき声を上げたが、静かに死んでいった。

厩戸皇子（聖徳太子）四十九歳であった。

その日の午後には、馬子のもとに厩戸皇子が死んだという一報がもたらされた。

続いての第二報は、馬子の娘の刀自古郎女が行方不明と言う一報であった。

馬子はすぐに斑鳩宮に出向き、まだ温もりの残っている厩戸皇子と対面した。

馬子は人目もはばからず号泣した。

一時は自分が最も信頼し、天皇に即位させようとしていた厩戸皇子であった。

馬子は自分の心の中に大きな空洞ができて行くのが分かった。

また、蝦夷は急きょ捜索隊を組織し、姉の刀自古郎女を必死に探したが見つけ出すことができなかった。

別れ

山背大兄王は父の厩戸皇子の死に疑念を持ったが、すぐに状況の把握ができた。

父の厩戸皇子と膳部菩岐々美郎女が天然痘にかかっていた事は知ってたが、二人とも首に絞められた跡が残っている。さらに母の刀自古郎女が行方知れずである。

山背大兄王の妃は春米女王《つきしねのひめみこ》であった。

春米女王は美しく清楚で物静かな女性であり、母は厩戸皇子の妃で昨夜亡くなった膳部菩岐々美郎女《かしわでのほほきみのいらつめ》であった。

春米女王は父と母が同時に亡くなったことになり、あふれでる涙を拭いていた。

「いったい何が起きたのでしょう」

春米女王は山背大兄王にやっとのことで言葉をかけたが、山背大兄王は茫然として、言葉を発することができなかった。

しばらくして、高向王《たかむくのおおきみ》が妃の宝皇女（後の皇極天皇）と足早にやってきた。

高向王は、用明天皇の妃であった穴穂部間人皇女が、用明天皇の死後に結ばれた、田目皇子《ためのみこ》との子であった。

田目皇子は、用明天皇のもう一人の妃の蘇我石寸名《そがのいしきな》の子であり、高向王は用明天皇からみれば孫であり、穴穂部間人皇女からみれば子であり、厩戸皇子（聖徳太子）とは父が違う兄弟であった。

「山背大兄王、これはどうしたことか。何があったのか」

矢継ぎ早に高向王から質問があったが、山背大兄王は的確に答える事ができなかった。

高向王はいつものことだが、無精ひげを生やし、頭髪もぼさぼさで衣服もだらしなく、見るからに貧相であった。

経済観念にも乏しく、日々貧乏生活を送っていた。

一方、妻の宝皇女は身なりも整って、優雅でどうみても高向王には似つかわしくなかった。

また、宝皇女は気性が激しく、上昇志向も強く、好き嫌いもはっきりしていた。

自尊心も高く最近の高向王の風貌、行動に耐えられず、高向王を嫌っているようであった。

「もう少し、貴方も世に出てお働きください。もう少ししっかりしてください」

つねづね、宝皇女は口癖のように言っていた。

このような夫婦であったが、幼い男の子を育てていた。

山背大兄王はこの夫婦はいずれ別れてしまうのだろうなあと、ぼんやり思っていた。

間もなくして、山背大兄王の思っていることが現実になった。

子供を急な病で亡くし、宝皇女と高向王は別れることになった。

この頃は、宝皇女は高向王のことをひどく嫌っていた。

二人の死

西暦六二六年（推古天皇三十四年）六月、蘇我馬子は病の床にふせっていた。

ここ数年、馬子は蝦夷と入鹿の二人による、あまりにも専制的な政治に深い危惧を持っていた。

「今のままでは、現在の政治体制の転覆を目論む者がきっと現れるだろう。次の天皇も蝦夷の意のままになる、田村皇子よりも、山背大兄王の方が良いように思う」

馬子は弟の蘇我境部摩理勢《そがのさかいべのまりせ》を自分の枕元に呼びよせた。

「摩理勢よ、私の命はもう間もなく尽きよう。お前に最後の頼みがある。推古天皇の次の天皇には、お前の力で山背大兄王を即位させてほしい」

「蝦夷の政治は専制的過ぎる」

「蝦夷は何を考えているのか分からない所がある」

「お前が頼りだ。頼む」

蘇我摩理勢は兄の馬子の影に隠れて目立たない存在であったが、蘇我氏一族内の有力な一門として強力な発言力を持っていた。

背格好は兄の馬子によく似ていて、小柄で陰険なところがあった。

馬子同様、人から好かれる性格ではなかったが、非常にまじめで常に兄の馬子を陰で支えていた。

「兄上分かりました」

「山背大兄王が天皇に即位できるように、私がしっかりと支えてまいります」

しかし、蘇我摩理勢は今後絶大な権力を持つであろう、蝦夷と入鹿親子に対抗できるだけの力が持てるか不安があった。

数日後、絶大な権力を持ち、天皇の皇位継承までの実権を握っていた、馬子も死の淵をさまよっていた。

呼吸も荒く、意識のない状態が続き危篤であった。

馬子の絶大な権力は子の蝦夷四十歳、孫の入鹿十六歳に不安を残しつつもしっかりと継承されていた。

また、数日前に弟の蘇我摩理勢に、山背大兄王の次の天皇即位に向けての遺言をたくしたことで安らかな気持ちであった。

ただあえて思い残すことと言うと、大きな信頼を寄せていた、厩戸皇子（聖徳太子）と疎遠になってしまった事が、大きな悔いとして残っていた。

同年六月十九日蘇我馬子は、推古天皇始め、蝦夷、入鹿などにみとられて、静かに息をひきとった。

七十五歳の大往生であった。

馬子が亡くなった、二年後の西暦六二八年（推古天皇三十六年）四月に推古天皇も病の床に伏せっていた。

推古天皇は田村皇子、山背大兄王を枕元に呼んだ。

「貴方達二人は、どちらかが私の死んだ後の天皇になる事でしょう。私は後継指名は致しませんが、これからは貴方達が正しい政治を行ってください」

「田村皇子よ、貴方は慎み深い言動をするように」

「山背大兄王よ、貴方はまだ若く未熟なので、しっかり群臣の意見を聞きなさい」

二人に対して、推古天皇からの遺詔《ゆいしょう》であった。

田村皇子、山背大兄王にその言葉を残して推古天皇は、蘇我馬子、厩戸皇子を追うように崩御した。

七十四歳であった。

欽明天皇の皇女としてうまれ、用明天皇を兄として、敏達天皇の皇后としてまた、推古天皇として三十六年間。

多くの人達の血が流れ、自分の二人の子も失い、激動の時代を生き抜いてきた。

倭国で初めての女帝、推古天皇の時代が終わった。

と同時に、蘇我蝦夷と入鹿の親子による新しい時代が始まろうとしていた。

推古天皇は後継天皇の指名をしないまま崩御した。

当初は群臣達の意見は次の天皇は田村皇子か山背大兄王かでわれたが、

「蝦夷様は次の天皇には血のつながりが強い、山背大兄王様を押すのではないでしょうか」

との思惑があったので、多くの群臣達は山背大兄王へと傾いて行った。

傀儡《かいらい》

蝦夷は唐突に田村皇子を天皇に即位させると発表した。

蘇我摩理勢には事前に何の相談もなく突然の発表であった。

蘇我摩理勢は一瞬驚いたが、真っ向から反対した。

「なぜに蝦夷殿は何の相談もなく、田村皇子様を押すのか」

「蘇我一族とすれば、山背大兄王殿に天皇に即位していただくべきではないのか」

兄の馬子からの遺言もあり、蘇我摩理勢は公然と蝦夷に反旗をひるがえした。

山背大兄王も積極的に名乗りをあげた。

「私は多くの皆様のために、天皇として立派に倭国を治めて行くつもりです。多くの皇族、豪族、群臣の皆様にも協力をお願いし、より良いまつりごととして行くつもりです」

しかし、山背大兄王に同調したのは、山背大兄王の異母弟の泊瀬仲王《はつせのなかのおおきみ》他の少数であった。

泊瀬仲王は厩戸皇子（聖徳太子）の妃の膳部菩岐々美郎女《かしわでのほほきみのいらつめ》の子であり、また、山背大兄王の妻の春米女王《つきしねのひめみこ》の弟であった。

母の膳部菩岐々美郎女に似て、目鼻立ちの整った美男子であり、刀自古郎女の子の山背大兄王とは、幼少の頃から仲の良い兄弟であった。

「兄上様、私は兄上に天皇になっていただきたいです。また、姉上にも皇后になっていただきたく思っています」

「全力を尽くして兄上、姉上のために頑張ります」

泊瀬仲王も必死に蝦夷達と戦おうとしていた。

しかし、蝦夷の動きは素早かった。

すでに皇族、豪族、群臣達への懐柔政策《かいじゅうせいさく》が行きわたっており、多くの臣下の者達は田村皇子へと傾いていた。

「蘇我摩理勢と泊瀬仲王は逆臣《ぎゃくしん》として、誅殺《ちゅうさつ》しなければならないな」

蝦夷はかなり怒って、臣下の者達に強い言葉で言った。

蘇我摩理勢は泊瀬仲王の邸宅に立てこもり、戦闘準備に取り掛かった。

山背大兄王はそのような状況を大変危惧していた。

「蘇我摩理勢様、私と田村皇子のことでの争いは、大変心が痛みます。私は天皇になれなくても、構いませんのでこの戦いはお止めください」

「山背大兄王様、もうこの戦いは引く事はできません。しかし、我々の勢力はわずかであり、この戦いは負けるかも知れませんが、最後まで戦い抜きます」

「兄馬子とも、死の間際に約束をしております。最後まで戦い抜く覚悟です」

蘇我摩理勢は毅然として、蝦夷との戦いに挑《いど》んで行った。


戦力差は蝦夷軍の勢力が圧倒的であり、蘇我摩理勢軍の劣勢は明らかであった。

「兄上様、私はこの戦いできっと死ぬと思います。兄上様が天皇に即位される事を心から祈っています」

「私は、死ぬにしても蝦夷殿と相討ちで、はてるつもりです」

泊瀬仲王も、目に涙を浮かべて、微笑みながら戦場へ赴いて行った。

その後、数日して山背大兄王のもとに、蘇我摩理勢、泊瀬仲王の二人が蝦夷軍によって殺された。との報が入った。

山背大兄王は号泣した。

山背大兄王の天皇即位は果たせなかった。

西暦六二九年二月、三十六歳の舒明天皇（田村皇子）の誕生である。

蝦夷によって、反対勢力の蘇我摩理勢、泊瀬仲王を抹殺しての天皇即位であった。

田村皇子は若い時から、蝦夷の子分のような存在であり天皇に即位しても、

「自分の言いなりであろう。田村皇子は絶対に私には逆らえない」

と強い自信を持っていた。

また、多くの群臣達の手前、血のつながりばかりを重要視したくなかった。

舒明天皇の即位であった。

いよいよ、蘇我蝦夷四十歳、入鹿十九歳、親子の独裁政権が幕を開けようとしていた。

入鹿は全ての群臣に恐れられていた。

入鹿は色白で細面で口調も静かであったが、少しの失敗も許さない、非情な冷酷さを持っていた。

少しの過ちで九州や北陸に左遷させられて、職を辞した者達も数多くいた。

「なるべく、入鹿様のおそばには近づかないほうが宜しいですね」

「仕事を申し渡されると、大変な事になりますね」

また、理由は不明であるが処刑された者も数人おり、群臣や豪族達も戦々恐々としていた。

舒明天皇は全くの傀儡であった。

天皇の仕事のほとんどが百済や唐からの来客と面会する程度で、実際の政務は蝦夷が独断で行っていた。

西暦六三〇年（舒明天皇元年）舒明天皇は宝皇女を皇后に迎えた。

宝皇女三十七歳であり、舒明天皇との皇子の中大兄皇子五歳と皇女の間人皇女《はしひとのひめみこ》二歳をつれて皇后の座に就いた。

「私は皇后になりたい。なってみせる」

という、強い上昇志向がついに実現したのであった。

夫の舒明天皇に、

「貴方がもう少ししっかりしないといけません」

「蝦夷殿、入鹿殿に貴方のお気持ちをはっきり伝えないと、群臣達が可哀そうです。蝦夷、入鹿の親子にすっかりおびえて仕事ができないではないですか」

宝皇女はつねづね、蝦夷、入鹿の親子には悔しい思いをしていた。

実権は完全に天皇から離れて、蝦夷と入鹿が握っており、天皇の存在は消し去られていた。

このような、中央政治の状況を山背大兄王は大変危惧していた。

「春米女王よ、私と蘇我氏とは馬子様の頃から、深い繋がりがある。先の田村皇子様との争いでは、蝦夷殿に貴方の弟の泊瀬仲王殿と蘇我摩理勢殿が殺されたという事実はあるが、その事は心の内に留めて蝦夷殿、入鹿殿にご忠告を申し上げようと思っているが、いかがであろうか」

春米女王は少し間をおいて即座に
「お止めになった方が宜しいかとおもいます」

「いまのお二人は、貴方のお言葉などお聞きにならないでしょう。逆に敵対感情を持たれるのが、怖いです」

と山背大兄王にはっきりとした口調で言った。

山背大兄王は自分自身何か吹っ切れないわだかまりがあった。

舒明天皇にはもう一人の妃の法提郎女《ほほてのいらつめ》がいた。

法提郎女は蝦夷の妹で、当時馬子が舒明天皇（田村皇子）と血のつながりを持つために、嫁がせた姫であった。

その後、法提郎女は一生懸命に舒明天皇につくしていた。

法提郎女も結婚当初は小太りで初々しく、いつも笑顔を絶やさない女性であったが、今はすでに四十歳を過ぎて、細面の美しい女性になっていた。

舒明天皇との子供の古人大兄皇子は、まだ十歳を過ぎたところであったが、非常に聡明で群臣達にも人気があった。

入鹿からも大変可愛がられており、

「次の天皇は古人大兄皇子様だろう」

「山背大兄王様は入鹿様に嫌われているようだし、次の天皇には古人大兄皇子様になっていただいた方が良いですね」

多くの群臣達に囁かれていた。

次の天皇には古人大兄皇子だろうと周知の認めるところであった。

恐怖政権

入鹿のいとこで蘇我倉山田石川麻呂《そがのくらやまだのいしかわまろ》がいた。

石川麻呂の父は蝦夷の弟であり、れっきとした蘇我氏の一族である。

決して大柄ではないが、剛毅果敢な優れた武将であった。

えらぶる事もなく、静かな口調で誰とでも同様に分け隔てなく接していた。

ただ、石川麻呂は最近の入鹿の行状に強い不安を持っていた。

「入鹿の行っている、今のような政治では近いうちに群臣達の強い反感をかってしまう」

「蘇我氏の一族として何とか手を打たないといけない」

石川麻呂は悩んだ末、山背大兄王に相談してみる事にした。

山背大兄王も思っている事は同じであった。

「山背大兄王殿どうしたらば宜しいと思われるか」

山背大兄王も返答に困り、躊躇していたが、

「やはり、入鹿殿に直接お話しするしかないかと思われるが」

「しかし、誰がどのようにお話しをするかですね」

石川麻呂もなかなか、私が言いましょうと言いだせずにいた。

山背大兄王が意を決したように、

「それでは私が入鹿殿に話に行きましょうか」

「入鹿殿の気持ちを害さぬよう、丁寧にお話をしてまいります」

石川麻呂は、山背大兄王を頼って良かったと思った。

「申し分けないですが、山背大兄王殿よろしくお願い致します」

石川麻呂は自分の思っていたような結果になり満足であった。

山背大兄王は何と言っても、蘇我氏とは強い血縁関係があり、父は厩戸皇子（聖徳太子）で、母は蘇我蝦夷の姉である。

入鹿と会える日がなかなか決まらなかったが、一カ月ほどして使いの者が来た。

「今日ならば、入鹿様のご都合が良いので、話がしたいのであれば宮殿まで来ていただきたいと申しております」

深々と頭を下げて、急ぎ足で帰って行った。

山背大兄王は、自分より十五歳も年下でまだ二十五歳の入鹿の対応に少し気を悪くしたが、冷静に急ぎ宮殿に向かった。

「入鹿殿お久しぶりでございます。お忙しそうですね」

微笑みながら入鹿の方に歩み寄った。

瞬間入鹿から、

「ご用の向きは何ですか。忙しいので手短にお話し下さい」

無表情で横を向いたまま、山背大兄王と目も合わせずに言った。

山背大兄王は石川麻呂と話した事を、慎重に言葉を選びながら入鹿に伝えた。

「そのような事を言うために、わざわざお見えになったのですか。分かりました。どうぞお帰り下さい」

無表情に言って、入鹿は席を立ってしまった。

山背大兄王は非常に怒りを覚えたが、唇を噛み怒りを押さえて帰宅した。

山背大兄王が帰った後、

「うるさいやつらだ、特に山背大兄王がうるさいな。面倒なやつだ」

入鹿は早口で独り言のように側近に話した。

山背大兄王から報告を受けた、石川麻呂は今後の入鹿の出方に恐怖と不安を感じ、山背大兄王に入鹿の所に出向いてもらった事を深く悔やんだ。

暴走

西暦六四一年（舒明天皇十三年）十一月、舒明天皇が突然倒れた。

意識が戻らぬまま、突然の崩御であった。

四十九歳であった。

蝦夷、入鹿は突然のことでもあり、誰を次の天皇にするか相談を重ねた。

蝦夷はすでに五十五歳になり多くの権限を、三十二歳の入鹿に後継しようと考えていた。

「入鹿、次の天皇はだれが良いと思うか」

「父上、もはや宝皇女しかおりません。山背大兄王は天皇にはできません。古人大兄皇子はまだ二十四歳と若すぎます。宝皇女も四十八歳になりますが、一時的に即位させましょう」

この年、ついに宝皇女が皇極天皇として即位を果たした。

多くの群臣達は驚きの声を上げた。

宝皇女もまさか自分が天皇になるとは思ってもいなかった。

「えっ、私が天皇に」

宝皇女自身大変な驚きであった。

蘇我蝦夷、入鹿親子が宝皇女を一時的とはいえ皇極天皇として即位させたのは、最大の過ちであった。

入鹿は、山背大兄王を嫌っていたがために、宝皇女の尋常でない上昇志向、また気性が激しく、それと冷酷な性格を見誤ってしまった。

この時、山背大兄王は四十七歳であったが、入鹿との仲は決定的に悪くなっていた。

蝦夷、入鹿の親子とはすでに数年ほとんど顔も合わせた事もなかった。

山背大兄王は以前、死の間際の推古天皇からさとされた事を思い出していた。

「貴方は、まだ若く未熟なので群臣の意見を聞きなさい」

あの時、石川麻呂との話で一人で軽率に入鹿のもとに忠告に言った事を、悔やんでいた。

「もっと、群臣達の意見も聞くべきであった」

あの頃から、入鹿との関係は、いとこであるにも関わらず疎遠になっていた。

しかし、現在は圧倒的に入鹿の方が政治的にも、軍事的にも上であり、山背大兄王は何も言う事は出来なかった。


西暦六四三年（皇極天皇二年）、蝦夷は突然入鹿に非公式であるが紫冠を授けた。

この儀式は天皇だけに許された行為であった。

まわりの皇族、氏族、豪族達は一様に驚きの声をあげた。

「蘇我親子はあそこまでやってしまって、良いのでしょうかね」

「これからは、行動に気をつけないと処刑が怖いですね」

いよいよ、入鹿に全ての実権が移った。

多くの群臣達も、これからの中央政治はどうなるのか、首をすぼめて言葉も出ない状況であった。

そのような中で、軽皇子《かるのみこ》（後の孝徳天皇）が入鹿に近付いて行った。

軽皇子は皇極天皇の同母弟で歳は四十七歳であったが、痩せて口数も少なく普段は目立たない存在であったが、野心家で策略家でもあった。

また、姉の皇極天皇の後の即位を強く望んでいた。

そのためにも、山背大兄王と古人大兄皇子が非常に邪魔な存在であった。

しかし、古人大兄皇子は入鹿との関係は良好で、すぐに排除することは困難である。

「入鹿殿は皇極天皇の後は古人大兄皇子を考えているようだが、何とか阻止して自分が天皇に即位することができないであろうか」

「それには、先ず入鹿殿との関係が悪化している山背大兄王を殺し、競争相手を少なくした上で、次に古人大兄皇子と入鹿殿をいかにして不仲にさせるかだな」

軽皇子は必死に策を巡らせていた。

「入鹿殿、私も加勢するので山背大兄王を排除しましょう」

入鹿に山背大兄王の排除を強く進言した。

「山背大兄王が入鹿殿のお命を狙っております。入鹿殿に対して刺客を差し向ける画策をしているようです。私の家臣からも入鹿殿に対して謀反を計画をしているという報告がありました」

実際にはそのような事実は一切なかったが、軽皇子は山背大兄王の虚偽の謀反計画を誇張して伝えた。

「よし、やりましょう」

入鹿は少し迷いはあったが、山背大兄王襲撃の心を決めた。

「私の兵と、軽皇子殿の兵で百人ほど揃えましょう」

滅亡

西暦六四三年（皇極天皇二年）十二月二十日、入鹿と軽皇子の連合軍約百人が挙兵して、斑鳩宮の山背大兄王の襲撃に向かった。

当時山背大兄王の臣下は十五人程度であった。

中に、三輪逆の孫の三輪文屋君《みわのふみやのきみ》がいた。

三輪文屋君は祖父と同様に武力に優れ、正義感と忠義の心を持ち山背大兄王につかえていた。

三輪文屋君のもとに緊急伝達で、入鹿と軽皇子の軍がこちらへ向かっているという知らせが入った。

「山背大兄王様、討ち死に覚悟で戦いますか」

「間に合わないかもしれませんが、援軍を頼みに走らせますか」

山背大兄王は、

「戦うは本意ではない」

「斑鳩宮を離れよう」

臣下の者達と斑鳩宮を離れて生駒山に逃げた。

入鹿の軍は一気に迫ってきた。

抵抗するべくもなく、大半の家臣は殺されてしまった。

山背大兄王達はさらに、法隆寺に逃げ込んだが、なすすべはなかった。

「春米女王、本当に申し訳なかった。自分があさはかであったがために、貴方にまで、及んでしまった」

「今となっては、助かるすべはない」

「本当に申し訳なかった」

山背大兄王は目に涙をためて、春米女王に深々と頭をさげた。

春米女王は、

「せめて貴方と私の子供の弓削王《ゆげのおおきみ》だけでも逃して、我々の上宮家の存続を願いましょう」

「三輪文屋君様、弓削王を守って一緒に逃げてください」

春米女王は静かな口調であったが、必死に三輪文屋君に頼んだ。

「はい、私の力の限り弓削王様をお守りしてみせます」

弓削王と三輪文屋君は夜になるのを待って、闇の中に消えて行った。

残っている家臣は、ほんの数人の侍女達であった。

「私がいたらぬがために、本当に申し訳なかった。私と春米女王はここで果てることにした。皆は何とか生き延びて欲しい」

山背大兄王は絞り出すような声であるがはっきりと伝えた。

残った数人の侍女達も、

「私達も一緒に参ります」

泣きながら山背大兄王と春米女王のそばに駆け寄ってきた。

山背大兄王と春米女王と残っている侍女達も、ともに首をくくって自害していった。

時をおかず入鹿の軍勢は、法隆寺に突入してきた。

山背大兄王と春米女王の死体は確認したが、弓削王の死体はなく、入鹿は即座に、

「全員で徹底的に探せ。発見するまでは戻るな」

強い口調で命令した。

兵士達は真冬の寒風の中、夜を徹して探し回った。

探索を始めて、六日目に入鹿のもとに、弓削王と三輪文屋君を斑鳩寺で発見の報が届いた。

「二人とも殺せ」

入鹿は即座に命じた。

「弓削王様申し訳ございません」

三輪文屋君は声を立てず泣いていた。

「山背大兄王様、春米女王様申し訳ありません。役目が果たせませんでした」

三輪文屋君の一言だけ残して、二人は後ろ手に縛られたまま斑鳩寺の門前で即刻首をはねられた。

これにより、厩戸皇子（聖徳太子）が創設した上宮家は全滅し、わずか三代で滅亡した。

命の危機

入鹿による山背大兄王一族惨殺の報を聞いた、蝦夷は非常に驚き、また嘆き悲しんだ。また、大変な入鹿への怒りが込み上げてきた。

入鹿に強く激怒した。

「入鹿お前は、とんでもないおろか者だ。すぐに独断で何も考えずに悪事を行う。何という馬鹿ものか」

「このままだと、我々の命が危ない。何とかしなければ」

蝦夷は必死に、今回の襲撃に関しての正当性を考えたが、正しい理由がみつけられなかった。

蝦夷の予感は的中した。あまりにも横暴で残虐な襲撃事件で入鹿の人望は皇族や豪族の間でも一気に失われていった。

さらに、蘇我氏を討つべしという声も高くなっていった。

その裏では蘇我氏に父の押坂彦人大兄皇子を殺された恨みを持つ、茅淳王（舒明天皇の兄）が秘かに扇動していた。

茅淳王は皇極天皇と軽皇子の父でもある。

「蘇我氏を排除できれば、うるさい、目障りな者達の姿がなくなる」

「入鹿に近づいて行った軽皇子の行動は軽卒であったが、皇極天皇のあとは軽皇子を天皇にしよう」

と考えていた。

軽皇子は、山背大兄王襲撃事件も、蝦夷、入鹿親子の力を持ってすれば簡単に正当化されるだろうと非常に安易に考えていた。

山背大兄王を殺した事が、これほどまでに大きな出来事になるとは思ってもいなかった。

「これはまずい事になった。入鹿殿とは一緒の行動はとれない。入鹿殿から離れて姉の皇極天皇と行動を共にしよう」

軽皇子は命の不安を感じながらも、素早く反蘇我氏に寝返ってしまった。

入鹿は完全に裏切られた。

入鹿は必死に軽皇子に連絡を取ったが、いっさい返信がなかった。

入鹿は軽皇子が自分を裏切って逃げて行った事を実感した。

「蘇我氏と一緒にいてはいけない。間もなく蘇我氏は滅びるであろう」

「軽皇子は天皇になるのだ。蘇我氏から一刻も早く離れなさい」

軽皇子が反蘇我氏に回った事に関しても、父の茅渟王からも執拗な説得があった。

一方、入鹿は、

「軽皇子め、裏切ったな。こうなれば殺すしかないな」

と怒りをあらわにしていた。

軽皇子は入鹿に対する恐怖心から一人でいち早く身を隠した。

その後、間もなくして茅淳王が亡くなった。

自分は怪我がもとで動けなくなってしまったが、弟が舒明天皇として即位し、娘が皇極天皇として即位し、最高の人生だったと喜んでいたと言うことであった。

七十歳を過ぎての大往生であった。

中大兄皇子《なかのおおえのおうじ》（後の天智天皇《てんじてんのう》）も皇族である山背大兄王襲撃事件に関して、入鹿の取った行動に強い憤りを感じていた。

「今のままでは、倭国は滅んでしまう」

「蘇我蝦夷、入鹿を倒そう」

中大兄皇子は十八歳であったが、思慮深く頭の回転も速く聡明であった。

反面かなりの残虐性も持っており自分にとって、不利益と思える者達には容赦なかった。

中大兄皇子には複雑な劣等感に似た感情があった。

母の皇極天皇の前の夫が高向王であることだった。

以前から、皇極天皇は、横暴な蘇我氏一族を大変嫌っていた。

「蘇我一族は血のつながりもないし滅亡させなければいけない」

皇極天皇は皇子の中大兄皇子に、常々もらしていた。

前の夫の高向王はれっきとした、蘇我氏一族である。

「私は過去に高向王の妃になったことは、大きな過ちであった」

「高向王は無用な存在なので、消し去ってほしい」

皇極天皇は後悔し、また高向王を大変嫌っていた。

「高向王も山背大兄王と同じ用明天皇の孫であるな」

「皇族であるので、入鹿による襲撃事件のように、あまりにも表だって事を起こすと、強い反発を招く恐れがあるな」

中大兄皇子は、できるだけ秘密裏に目立たぬように高向王を暗殺してしまおうと考えていた。

邪魔者と思うと即座に消し去ってしまおうとする。

中大兄皇子は強い残忍な一面も持っていた。

中大兄皇子の側近に、中臣鎌足《なかとみのかまたり》がいた。

中臣鎌足は中大兄皇子の一回り上の二十九歳であった。

百済からの渡来人であったが、隋で学問を学び、また南渕清安について儒学や兵書を学び、剣の達人でもあった。

また、意思の決定も早く、非常に思い切りがよく度胸の座った好青年であった。

「鎌足殿、実は母の皇極天皇が別れた夫の高向王を大変嫌っております。できれば、入鹿が起こした襲撃事件で騒がしくなっているいま、高向王を暗殺してしまおうと思っています。力を貸していただけますか」

中大兄皇子の問いに、

「では、私がやりましょう。中大兄皇子様はいずれ、天皇になるお方です。今回の件では、手を汚さないほうが良いでしょう。私にお任せ下さい」

鎌足は余裕の笑みを浮かべた。

「それは、申し訳ないです。では鎌足殿のお言葉に甘えさせていただます」

鎌足はその夜のうちに高向王の邸に出向いた。

家臣は数人であったが、一気に高向王に向かって駆けあがった。

「おぬしは刺客か、なぜに今更なんの力も権力もない私を討つのか」

高向王は叫んだが、鎌足は無言で高向王の喉を払った。

「なぜだ」

高向王は叫んだが、喉を押さえてそのまま絶命した。

一瞬の出来事であった。

暗殺計画

今回の山背大兄王襲撃事件で、石川麻呂もひどく悔やんでいた。

石川麻呂はれっきとした蘇我一族で入鹿のいとこでもあったが、

「あの時に自分が山背大兄王殿に相談に行ったのが、事の始まりだったかも知れない。あの時山背大兄王殿に無理に入鹿の所に行ってもらわなければ、山背大兄王殿も命を落とす事もなかったかもしれない」

石川麻呂は眠れない夜が続いた。

「よし、中大兄皇子様の味方になり、蘇我蝦夷、入鹿と戦いそして倒そう」

石川麻呂は中大兄皇子とは面識はなかったが、今までのいきさつを事細かに話して、中大兄皇子の側近に取り立ててもらった。

それとともに、石川麻呂は娘の遠智娘《おちのいらつめ》（後の持統天皇の母）を、中大兄皇子に嫁がせ、中大兄皇子に対する自らの忠誠心をしっかりと表した。

また、一人身をかくしていた軽皇子であったが、

「軽皇子、貴方も身を隠しているだけでなく、中大兄皇子殿達と一緒に立ちあがりなさい」

姉の皇極天皇の強い一言で、討伐計画に加わる事になった。

「私も、力の限り皆様と一緒に蘇我一族と戦い、蘇我一族を倒します」

軽皇子の強い信念が伝わってきた。

中大兄皇子による蘇我蝦夷、入鹿の親子の討伐計画は非常に慎重を極めた。

絶対に外には漏らしてはいけない。万が一にでも漏れたなら計画を遂行している者達は即座に殺されてしまうだろう。

皇極天皇、弟の軽皇子、皇極天皇の皇子の中大兄皇子、それに中臣鎌足、石川麻呂の五人で計画が進められていった。

西暦六四四年（皇極天皇三年）蘇我蝦夷、入鹿の親子は身の回りの空気に異変を感じていた。

「このままでは、命の危険がある。防御態勢をしっかり整えよう」

甘樫丘《あまかしのおか》に『上の宮門』『谷の宮門』と称する、蝦夷と入鹿の要塞と思える様な邸宅を並べて建てて、しっかり防御を固めた。

甘樫丘は標高一四〇メートル程の高台であり、攻め込むのは容易ではないと思われた。多くの兵も集めて邸宅の周りを固めさせていたので、かなりの兵力でも突破が困難な状況であった。

入鹿は役所にも出向かず、必要な時は側近を動かし邸宅で政務を行っていた。

そのように、しっかりと防御を固める、蝦夷と入鹿を如何にして殺すか、大変な難題であった。

皇極天皇、軽皇子、中大兄皇子、中臣鎌足、石川麻呂は秘密裏に何度も会合を持った。

「甘樫丘の蘇我一族の邸宅を直接攻めるのは、あまりにも危険が大きく失敗する可能性が高いな」

「入鹿が一向に邸宅を出てこないので、いかにして外出させるか策を考える必要があるな」

「古人大兄皇子も同席させて、入鹿が安心できる外出計画を考えよう」

「場合によったら、古人大兄皇子も誅殺してしまおう」

時には夜明け頃まで意見を交わし合ったこともあった。

作戦の参謀は軽皇子であり、実行部隊は中大兄皇子、中臣鎌足、石川麻呂に決まった。

皇極天皇はいっさい関わりがなく、何も知らず、首謀者は中大兄皇子と中臣鎌足とすることで話はまとまった。

また、集める兵は二百人で口の堅い、本当に信用できる兵士に一人一人内密に接触して行った。

絶対に漏れてはいけない作戦であった。

決行の日が決まった。

西暦六四五年（皇極天皇四年）七月十日の決行である。

蘇我蝦夷、入鹿の殺害にかかわる、中大兄皇子始め多くの者達は、非常に緊張し、震えるような気持ちで、決行の日を迎えた。

乙巳の変

後世に伝えられる乙巳《いっし》の変《へん》である。

七月十日は初夏にも関わらず、まだ梅雨も明けず朝から冷たい雨が降り続いていた。

その日は、飛鳥王朝の宮殿の飛鳥板葺宮正殿《あすかいたぶきのみやせいでん》で、高句麗《こうくり》、百済《くだら》、新羅《しらぎ》の三国からの上進物を皇極天皇がうけとる、三韓調《さんかんみつき》の儀式に大臣の入鹿も参列とのことであった。

しかし、この儀式は仕組まれた儀式で、冷静に考えれば、朝鮮半島で争っている三国が同一の行動を取ることはあり得ない事であった。

また、高句麗、百済、新羅の使者は渡来人の中臣鎌足が揃え、如何にも朝鮮半島からの使者を装わせた。

早朝の雨の中、蘇我入鹿が二十数人の護衛の兵士に守られて、やってきた。

入鹿が宮殿に入ろうとした時、中大兄皇子が用意した俳優《わざびと》が柔らかい口調で、

「入鹿様、今日は太刀を持ってはいる事ができません」

入鹿は一瞬けげんな顔をした。

「入鹿様のようなお方でも、外国の使節の前では剣を持たないと怖いのでしょうね」

俳優達はおどけたように、入鹿に笑いかけた。

「分かった、分かった」

入鹿も笑いながら太刀を側近の兵に渡し、宮殿に入って行った。


大極殿に皇極天皇がお出ましになり、隣には次期天皇の有力候補である、古人大兄皇子が着座した。

古人大兄皇子は舒明天皇と蝦夷の姉の法提郎女の皇子である。

古人大兄皇子は着座しながら、入鹿と目を合わせ軽く会釈を交わし、互いにそっと微笑みを交わした。

下座に控えた石川麻呂が朝鮮使から上表文を預かり上表文を読み上げ出した。

その瞬間、二人の刺客が入鹿に襲い掛かり、殺害する予定であった。

しかし、刺客が出てこない、石川麻呂は焦り困った。

なぜに出てこない、石川麻呂は声が震え、脂汗が噴き出してくるのが分かった。

その時、陰で身をひそめていた二人の刺客は天皇の前でもあり、緊張で身体が動かなくなっていた。

入鹿は石川麻呂をけげんに思い、

「なぜに震えるのか。大丈夫か。何かあったか」

と疑念を持った声で問いただした。

「はい、申し訳ありません。天皇のお傍で恐れ多く、声は震え汗がでてまいります」

石川麻呂はとっさに答えた。

「今しかない」

瞬間、中大兄皇子の合図で、陰に隠れていた中大兄皇子と中臣鎌足が入鹿に切りかかった。

後をおって、二人の刺客も切りかかり、中大兄皇子と鎌足の剣が入鹿の頭と肩を切り裂いた。

入鹿は倒れこみながら、皇極天皇の方に向かいうめき声をあげた。

「私に何の罪があるのですか」

「入鹿は山背大兄王を滅ぼして、自ら天皇になろうとしています」

「そのようなことが、許されて良いのでしょうか」

中大兄皇子は大声で叫んで、入鹿の首をはねた。

瞬間、古人大兄皇子は、

「ああ〜っ、大変だ」

真っ青になり、泣きながら大きな叫び声をあげて、腰を抜かしたかのように、はいつくばって大極殿から逃げて行った。

皇極天皇は無表情で、すっと立ち上がり黙って大極殿を後にした。

立ち去って行く、皇極天皇の横顔に一瞬安堵の色がうかがえた。

入鹿の首のない死体は、雨の中にほうりだされた。

蘇我入鹿、三十六歳の生涯であった。

入鹿の護衛の兵士達は慌てて宮殿の外に出たが、待ちかまえていた中大兄皇子の兵士に、ことごとく殺害された。

辛くも逃れた三人の入鹿護衛の兵士は、裸足のまま泥だらけになりながら甘樫丘の蝦夷の邸宅に逃げ帰った。

「入鹿様が、中大兄皇子と中臣鎌足に殺されました」

兵士達は、真っ青な顔で雨の中、震えながら言葉にならない言葉で蝦夷に報告をした。

「なに、入鹿が」

さすがの蝦夷もそのあとの言葉が出なかった。

中大兄皇子と中臣鎌足と他に兵士二百人は、甘樫丘の蝦夷の邸宅に向かった。

蝦夷の邸宅に雨ざらしの入鹿の首のない死体を届け、川を挟んで反対側に陣を張り、蝦夷との最後の戦いにそなえた。

雨ざらしになった、入鹿の死体を確認した蝦夷は悔しさと深い哀しみの中で、側近の兵士に夜戦に備えるよう指示を出した。

しかし、翌日になると群臣達は雪崩をうったように中大兄皇子の支持にまわり、もはや蝦夷を支持する群臣は皆無であった。

蝦夷の邸宅の周りは大量の兵士に二重三重に囲まれていた。

「入鹿も殺され、もはやこれまでか」

「無念」

蝦夷は涙を流しながらも、唇を強く噛み小さくうめいた。

巨大な権力を持ち、全ての実権を握っていた、蘇我氏も四代で終焉を迎えようとしていた。

蝦夷側の兵士はほとんどが逃走し、数人の側近が残るのみであった。

もはやこれまで、蝦夷は邸宅に火を放った。

炎の中で頸動脈を切って自害し、火に包まれながらの最期であった。

炎と共に、重要な財宝や歴史的書物も消えて行った。

蘇我蝦夷五十九歳であった。

大化の改新

翌七月十二日、皇極天皇は退位した。

当初は中大兄皇子に譲位しようとしたが、中大兄皇子は頑強にことわり軽皇子を推挙した。同日、皇極天皇の弟で実質的に乙巳の変を主導した、軽皇子が五十歳で孝徳天皇として即位した。初めての、生前譲位であった。

皇極天皇に皇祖母尊《すめみおやのみこと》という称号を贈り、中大兄皇子を皇太子に、石川麻呂を右大臣に、中臣鎌足を内臣とした。

同年七月二十九日に皇祖母尊、皇太子とともに群臣を集めて、史上初めての元号を『大化元年』とした。

広義には西暦七〇一年（大宝元年）の大宝律令完成までに行われた改革を『大化の改新』と呼んでいる。

この改革のはじめは、孝徳天皇を中心に皇極天皇の皇子の中大兄皇子（後の天智天皇）と大海人皇子《おおあまのおうじ》（後の天武天皇《てんむてんのう》）の兄弟の活躍によって進められたが、天智天皇の崩御後は壬申の乱を経て、天武天皇、そして持統天皇《じとうてんのう》より推進されていった。

この改革で豪族中心の政治から天皇中心の政治へと変わったとされている。

また、『日本』という国号、『天皇』という称号も正式なものになったとする説もある。

一三〇〇年以上たった、現在においても国号、称号、元号は継続されている。

その後

天皇の最有力候補であった、古人大兄皇子は蘇我蝦夷、入鹿という後ろ盾を失った事により、身の危険を感じ取り出家し吉野に隠退した。

しかし、同年十月七日に密告により謀反の疑いがあるということで、中大兄皇子によって殺された。

古人大兄皇子、二十七歳の生涯であった。

西暦六四九年（大化五年）三月に乙巳の変の功労者であった、右大臣石川麻呂も謀反の疑いありと言うことで、孝徳天皇、中大兄皇子により妻子八人全員が山田寺で、自害に追い込まれた。

西暦六五三年、孝徳天皇が都を難波に移したことに、中大兄皇子が強く反発し、皇祖母尊や孝徳天皇の皇后の間人皇女《はしひとのひめみこ》や大半の臣下をともなって、飛鳥に帰ってしまった。孤立してしまった孝徳天皇は気を落として、病気になり翌年五十九歳で崩御する。

孝徳天皇の皇后の間人皇女は兄の中大兄皇子に恋愛感情を持っていたと思われる。

西暦六五八年三月に孝徳天皇の皇子で有力な天皇候補であった、有間皇子も中大兄皇子に謀反の疑いありと言うことで十九歳で絞首刑に処せられた。

中臣鎌足は、その後石川麻呂と対立したが、石川麻呂失脚後の西暦六五四年に大紫冠に昇格し絶大な力を持った。

しかし、西暦六六九年十月山科の御猟場で狩り中に落馬して背中を強打し、起き上がる事すらできなくなってしまった。

同年十一月に天智天皇（中大兄皇子）から大織冠を授けられ、内大臣に任じられる。

また、藤原の姓を賜るが、その翌日五十六歳で死去した。

西暦六六一年八月斉明天皇（皇極天皇が重祚《ちょうそ》）が六十八歳で崩御、その後も中大兄皇子は皇太子のまま称制《しょうせい》していたが、天皇候補の有力な競争相手を粛清《しゅくせい》してきたなか、西暦六六八年二月二十日第三十八代天智天皇として四十三歳で即位した。

まだまだ、波乱の続く日本は白村江《はくすきのえ》の戦の後、壬申《じんしん》の乱《らん》などを経て、奈良時代へと移っていった。

参考文献

「国史大辞典」国史大辞典編集委員会［編］吉川弘文館

「蘇我氏：古代豪族の興亡」倉本一宏［著］中央公論新社

「蘇我氏の研究」平林章仁［著］雄山閣

「日本古代氏族人名辞典 普及版」坂本太郎、平野邦雄［監修］吉川弘文館

「古代政治史における天皇制の論理」河内洋輔［著］吉川弘文館

「日本古代王権の構造と展開」佐藤長門［著］吉川弘文館

「日本古代の皇太子」荒木敏夫［著］吉川弘文館

「聖徳太子：実像と伝説の間」石井公成［著］春秋社

村木　哲史（むらき てつし）

昭和24年　埼玉県行田市生まれ
不動岡高校から順天堂大学に進み
行田市教育委員会、浦和の高等学校勤務を経て
現在は日本古代史の研究を行なっている
かつて、陸上競技（走り幅跳び、短距離離走）にはげむ
今もジョギングを継続している

蠕《うごめ》く陰影《いんえい》

2024年5月27日　第1刷発行

著　者　　村木哲史

発行人　　大杉　剛
発行所　　株式会社 風詠社
〒553-0001　大阪市福島区海老江5-2-2 大拓ビル5 - 7階
Tel 06（6136）8657　https://fueisha.com/
発売元　　株式会社 星雲社（共同出版社・流通責任出版社）
〒112-0005　東京都文京区水道1-3-30
Tel 03（3868）3275
印刷・製本　シナノ印刷株式会社

ISBN978-4-434-33953-0 C0093
乱丁・落丁本は風詠社宛にお送りください。お取り替えいたします。